주변의 행복을 찾아보세요
생각보다 가까운 곳에 있어요
2024.11 조정연

우리 모두는
사랑 받는
사람입니다♡
2024.11 유혜주

2024.11.09
조유준

우리는 사랑 안에 살고 있다

우리는 사랑 안에 살고 있다

유혜주
조정연
지음

21세기북스

조정연
1987년 12월 7일 출생

유혜주
1991년 11월 17일
출생

HITE

5 9'08

NIAGARA

먹태 영입
2022년 1월 24일 출생

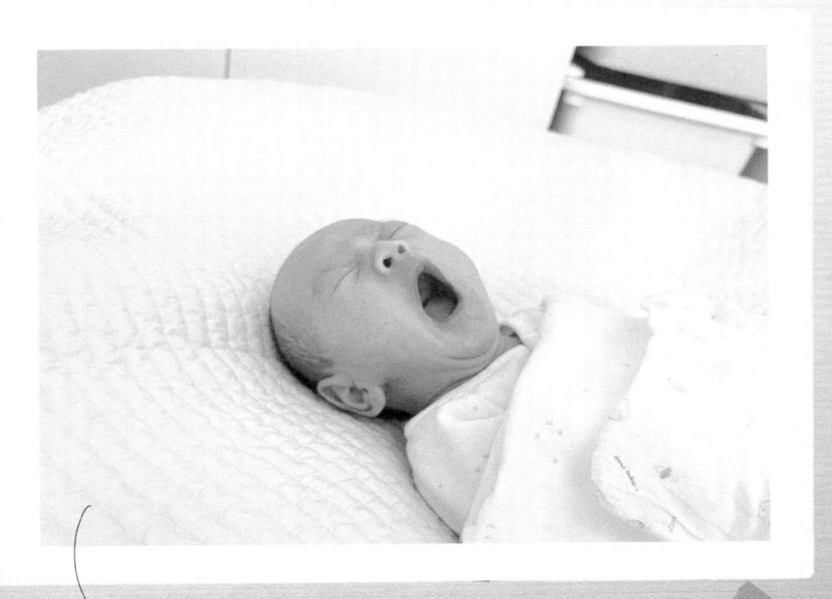

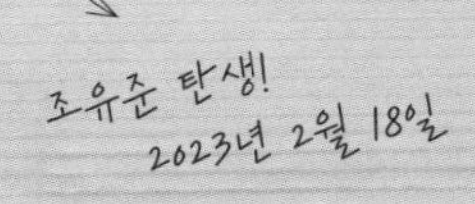
조유준 탄생!
2023년 2월 18일

프롤로그

무난한 하루 위에 사랑을 쌓아가기

결혼하기 전까지 20년이 넘는 세월을 부산 토박이로 살아온 나는, 결혼 후 인천 시민이 됐지만 여전히 부산 사투리를 쓴다. 완벽한 서울말을 쓴다고 생각했는데 잠깐만 이야기를 나눠도 사람들은 "어, 경상도 분이세요?" 하고 물어본다. 그럴 때마다 속으로 생각하곤 한다. 어떻게 알았지? 분명 서울말로 말했는데…….

2011년 나는 방송 〈얼짱시대 5〉로 얼굴이 알려졌다. 그리 오랜 기간 방송된 것은 아니었기에 자연스럽게 잊혀질 거라고 생각했지만 여전히 나를 얼짱으로 떠올리는 분들이 많다. 그러나 나는 '얼짱'이기 이전에 오 남매 중 첫째이자 K-장녀이다. 지금은 유튜브 채널을 통해 나와 가족의 일상을 공유하고 있고, 기존에 운영하던 쇼핑몰은 새 브랜드로 바꾸어 재오픈을 준비하는 중이다.

지금의 나를 가장 잘 설명하는 건 어쩌면 '유준이 엄마'일 것이다. 누군가의 엄마로 불리게 되리란 건 예상하지 못했지만 나는 이 호칭이 마음에 든다. 내가 예뻐 보이는 것보다 유준이가 예쁘다고 하는 말이 좋고, 그런 예쁜 아이의 엄마라는 사실을 담아 나를 불러주는 것이 행복하다. 이걸 보면 영락없는 아들 바보가 된 것 같다.

나에게는 모든 걸 주어도 아깝지 않다는 생각을 가지게 해준 우리 유준이와 언제나 내 옆을 지켜주는 남편 조땡, 그리고 강아지 먹태가 있다. 우리의 일상은 유튜브를 통해 많은 시청자에게 닿고 있다. 그 수가 현재는 제법 되지만 처음에는 그리 거창하게 시작한 것은 아니었다. 원대한 목표가 있었던 것도 아니다. 사진 스튜디오를 운영하던 지인과 함께 가벼운 마음으로 발을 디딘 게 시작이었다.

초반에는 업로드 주기도 일정하지 않았고, 생각날 때마다 소소한 이야기를 담아두자는 게 전부였다. 그러다 결국 유튜브는 중단하게 되었고, 코로나19가 찾아왔다. 승무원이던 오빠가 비행을 쉬게 되면서 유튜브를 조금 더 체계적으로 꾸려보기로 했다. 조금 번거롭고 힘든 일이지만 영상으로 우리의 일상을 남겨두는 일은 콘텐츠 이상의 가치가 있었다.

사실 우린 어제 있었던 일도 잘 기억하지 못할 때가 많다. 뭘 먹었고, 무슨 이야길 했고, 또 어떤 고민을 했었는지. 아, 이때 먹은 떡볶이 진짜 맛있었는데 하는 생각도 사진을 봐야 떠오르곤 하니까. 며칠이나 됐다고 이런 기억이 사라지나 생각해보면 일주일, 한 달, 1년 뒤에 오늘을 떠올렸을 때 아무것도 남아 있지 않을 것 같다는 아쉬움이 들었다. 만약 그날 하루를 다시 살 수 있다면, 그 시간을 더욱 소중히 할 수 있을 텐데.

우리의 일상이 남에게 내보일 만큼 거창한 무언가가 있

는 것이 아니더라도, 이런 면에서 하루하루 만들어가는 소소한 재미와 평범한 일상을 기록하는 것은 적어도 우리에게는 큰 의미가 있다. 그날을 돌아보며 우리의 지난날을 더욱 곱씹어보고 행복의 소중함을 깨닫게 되기 때문이다.

어느덧 내 일상을 차곡차곡 쌓는 데 책임감이 생기기 시작했다. 우리의 영상을 보고 위로를 받거나 공감한다는 사람들을 볼 때면 그 안에서 내가 알지 못했던 또 다른 형태의 행복을 느끼게 된다. 평범한 내 삶이 누군가에게는 좋은 영향을 줄 수도 있다는 점이 유튜브를 하는 내내 즐거움과 원동력이 됐다. 구독자분들과 함께 나눈 이 즐거움이, 연애와 결혼, 출산 그리고 육아라는 인생의 커다란 과정을 거치는 데 큰 힘이 되고 있다.

누구는 이미 경험했던 일들을 흐뭇하게 바라봤고, 또 누구는 앞으로 겪어야 할 일을 미리 경험하며 나와 함께 그 순간들을 헤쳐 나갔다. 함께 울고, 웃고, 즐기고, 고민하고. 우리의 채널은 우리 가족만이 아닌 우리를 지켜보고 사랑해주는 모든 사람들과 함께 만들어온 셈이다.

특히 유준이가 이렇게까지 크게 사랑받을 줄은 몰랐다.

유준이에겐 나이도, 사는 곳도 제각각인 이모와 삼촌, 누나, 형, 할머니, 할아버지들이 많이도 생겼다. 힘들고 화나는 일이 있었는데 유준이의 미소를 보고 마음이 풀렸다는 분도 있고, 유준이가 크는 모습을 보면서 열심히 살아야겠다는 의지가 생긴다는 분들, 그리고 나의 부모님도 나를 이렇게 애지중지 키웠겠구나 하면서 부모님에 대한 감사의 마음을 새삼 느낄 수 있다는 분들을 볼 때면 마음이 뭉클해진다. 유준이를 향한 따뜻한 시선과 사랑이 분명 유준이에게도 전달되리란 걸 안다. 유준이는 이렇게 많은 사랑을 받으며 자랄 것이고 우리는 유준이를 많은 사람에게 사랑을 나누어줄 수 있는, 따뜻한 아이로 키울 것이다.

어쩌면 일찍이 받은 큰 관심으로 유준이가 성장하면서 상처를 받을지도 모른다. 그럼에도 나는 유준이가 앞으로 겪고, 받고, 또 주게 될 사랑이 더욱 크고 깊어질 거라는 사실을 안다. 유준이가 그렇게 클 수 있도록 작은 방패가 되어주고 싶다.

이 책도 그런 의미에서 시작할 수 있었다. 우리 가족이 겪어온 소소한 일상들을 나누면서 잠시나마 함께 미소 지을 수 있으면 좋겠다. 매번 완벽하지 않더라도, 소중한 사람과 함께하는 일상 속에 사랑과 행복은 늘 준비되어 있고 우리는 그 사랑 안에서 살고 있다. 누군가를 만나고 함께 만들어가는 매 순간 우리는 사랑을 나누고, 그 사랑이 언제나 우리 곁에 숨 쉬며 우리를 더욱 강하게 한다. 이 책을 읽는 동안 그 사랑을 다시금 느끼는 시간이 되면 좋겠다.

차례

Chapter 2

네가 태어날 적

Chapter 3

우리는 서로에게 처음이었다

우리가 쌓아갈 시간들

에필로그

Chapter 1

만남이 결심이 될 즈음

사랑을 찾는 마음

정연

해보는 것과 해보지 않는 것, 둘의 차이는 분명하다. 해보지 않으면 아무 일도 일어나지 않을 것이고 그럼 아무런 변화도 재미도 없을 테니 말이다. 그래서 난 웬만하면 일단 해보는 편이다. 어떤 일이 일어날지, 그 속에서 나는 얼마나 성장하고 신나는 경험을 하게 될지 기대가 된다. 나는 다양한 경험이 선사할 근사한 배움과 성장을 그리며 들뜬 어린 시절을 보냈다.

어릴 때부터 나는 꽤 도전적인 아이였고 성인이 되어서도 자연스럽게 그런 삶을 이어갔다. 아르바이트를 해도 남들이 많이 하지 않는, 방송국 미술개발팀에서 스티로폼을 자른다거나 인형 탈을 쓰고 명동 한가운데에서 춤을 춘다거나 하는 일을 참 많이 했던 것 같다. 군대도 기왕 가는 것 해병대를 다녀오기도 했다.

시간이 흘러 영국에 워킹홀리데이를 떠났을 무렵, 영국에 거주 중인 친한 형이 브리티시 에어웨이에서 한국인 남자 승무원을 뽑는다는 걸 알려주었는데 자신도 지원할 생각이라고 들떠 있었다. 그때 처음으로 남자 승무원의 존재를 알게 됐다. 승무원이 되면 세계 곳곳을 다닐 수 있고, 하늘을 나는 것도 정말 멋진 일이다. 다양한 사람도 만날 테고 그 속에서 다양한 세계를 경험할 수 있을 것이었다. 그렇게 우연한 계기로 승무원을 꿈꾸기 시작했고 귀국 후 대한항공 공채 시험에 합격하여 승무원의 길을 걷게 됐다.

도전이란 꼭 특별한 것이라기보단, 삶의 과정인지도 모른다. 크고 작은 도전으로 나의 삶은 지금도 조금씩 어딘가로 뻗어가고 있다.

•

도전과 함께 내 삶을 관통하는 또 하나의 가치를 생각해보면 그건 언제나 사랑이었다. 사랑은 내가 도전을 통해 어딘가로 움직이고, 닿고, 그 속에서 숨 쉬며 살아가게 하는 크나큰 원동력이었다. 나를 채워주는 가장 근본적인 감정 역시 사랑이었다. 모르는 곳으로 떠나 사람을 만나는 일, 비행기 안에서 마주쳤던 수많은 승객과 동료에게 배려를 베푸는 일, 길에서 마주치는 타인에게 행하는 친절도 그랬다. 나는 늘 타인에게 따듯한 사람이 되고 싶었다.

타인에게 향하는 관심도 다른 모양의 사랑이라고 믿는다. 영화 〈인터스텔라〉에서 머나먼 우주와 복잡한 과학 세계를 유영하다 사랑으로 귀결되는 그런 이야기처럼 말이다. 내 좌우명은 사랑이라고 자신 있게 말할 수 있는 것은 아니더라도 사랑은 언제나 내 삶의 최우선에 있었다.

그러니 내 모든 것을 다 주어서라도 사랑할 수 있는 사람을 만나는 것이 내게는 너무도 중요했다. 사랑을 함께 느끼며 살아갈 단 한 사람을 만나는 것은 자연스레 내 삶의 목표가 되어 있었다. 그러나 그게 말처럼 쉬울까. 꿈을 이루는 것은 너무도 어려운 일이었다. 혜주를 만나기 전까지 말이다.

그러니까 어쩌면 나는 그날 꿈을 이뤘다.

단순한 행복

어릴 때부터 나는 엄청난 집순이였다. 지금도 오랜 친구와 정말 맛있는 걸 먹으러 가는 게 아니라면 많이 외출을 하지 않는다. 왜인지는 모르겠지만 막연히 떠올려보면 내 가정환경 덕에 그런 성격이 형성된 게 아닌가 싶다. 나는 무난하게 흘러가는 하루하루가 너무 행복했고 집에 있는 것도 정말 재밌었다.

나에게는 동생이 넷이나 있으니 같이 놀다 보면 시간이 어떻게 가는지도 모르게 지났다. 우리 다섯 남매가 모이면 작은 어린이집 부럽지 않을 만큼 집안이 북적북적해졌다. 게임을 할 때도 한 명 정도 빠진다고 해도 충분히 편을 나눌 수 있었고 다 함께 둘러앉아 영화를 보거나 만화책을 수북하게 쌓아놓고 밤새 읽기도 했다. 먼저 읽고 있는 사람 옆에 누워 내 순서를 기다리며 다음 내용을 상상하고 있기만 해도 밖에 나가 뛰노는 것 못지않게 신이 났다. 밥 한 끼를 먹어도 와글와글 정신없는 곳에서 시간을 보내다 보면 밖에 나가 새로운 사람을 만나는 일이 불필요해진다.

집순이에 낯을 많이 가리던 내가 고등학교 1학년 때 얼짱으로 알려지기 시작하면서 예상 밖의 뜨거운 관심을 받게 됐다. 호기심 가득한 사람들의 눈빛은 내게는 너무 부담스럽고 낯설었다. 처음에는 피하고 싶은 마음이 한가득이어서, 행복하고 평화롭던 일상을 즐기지 못하고 이러다간 평생 사람들을 피해 다니며 살지도 모른다는 생각이 들었다. 그건 너무 싫었다. 집에만 있어도 세상이 재미있었지만, 타의로 집에만 갇혀 살아야 하는 건 끔찍했다. 그래서 생각을 바꿔보기로 했다. 사람들이 인사를 하면 나도 그 인사를 받아주면 되고, 예쁘다고 칭찬해주면 고맙다고 말하면 되는 거라고.

그나마 다행인 점은 내가 무덤덤한 성격이라는 점이다. 다른 사람을 굳이 바꾸거나, 혼자 끙끙 앓지 않고 '그런가 보다' 하는 것이 익숙한 편이다 보니 타인의 관심에도 점차 적응할 수 있었다. 인사를 하면 같이 하고, 예쁘다고 하면 고맙다고 했다. 그 이상의 큰일은 일어나지 않는다. 예쁘다는 말을 싫어하는 사람이 있을까? 그렇게 많은 사람이 듣고 싶어 하는 말을 내게 해주는 건 정말 고마운 일이었고, 그 고마움에 솔직히 감사를 표현하면 되는 거였다. 그렇게 나는 점차 뜻밖의 만남과 소통에 조금씩 익숙해져 갔다.

어쩌면 나 역시 사람들과 소통하고 그들을 알아가고 싶은 마음이 있었던 게 아닐까? 그렇게 마음을 먹은 뒤로는 내 인생도 달라졌다. 나를 알아봐주고 내 일상을 궁금해하는 사람들이 정말 고마웠다. 길을 가다 누군가가 인사해주면 나도 미소 지을 수 있는 여유가 생겼고, 나에 대해 궁금해하면 대답할 수 있는 선에서 자세히 대답하려고 애썼다. 그걸 말해준다고 해서 나와 내 세상이 무너지는 건 아니니까. 사람들은 나와 끊임없이 소통하고 싶어 문을 두드렸고 그 노크 소리가 내 마음의 귀에도 들리기 시작했다. 그리고 문을 열었다.

사람의 본성을 쉽게 바꿀 수는 없지만, 생각을 조금만 바꾸면 불편함도 감사함이 될 수 있다는 걸 그제야 깨달은 건지도 모른다. 어찌 됐든 그렇게 무난하게 흘러가는 일상 속에서 나는 다시금 안정을 찾았다.

수줍음이 많았던
어린 시절의 나

첫눈에 반하는 걸 믿으시는지

하늘에서 종소리가 울리고 주변은 흑백인데 그 사람만 반짝반짝 빛날 정도로 강렬한 경험은 흔하지 않다. 어쩌면 첫눈에 반하는 것은 인생에서 한 번도 겪어보지 못할 귀한 경험인 것 같다. 그런데 혜주를 처음 만난 날, '아, 이게 첫눈에 반한다는 거구나'라는 생각을 했었다. 내가 이런 감정을 느낄 수 있다는 게 신기했다. 앞으로는 두 번 다시 이런 사람을 못 만날 수도 있겠구나 하는 생각도 들었다. 솔직히 혜주를 만나기 전에도 몇 번의 연애를 했었지만 그때와는 분명 다른 감정이었다.

나는 만남을 그리 두려워하는 편이 아니었다. 그럴 나이도 지났고 사람을 워낙 좋아했기에 다른 사람들과 스스럼없이 지내는 데 큰 문제를 느껴본 적이 없었다. 하지만 혜주는 달랐다. 난생처음 느껴본 감정 때문이었는지 나는 혜주 앞에서 얼어버리고 말았다.

내가 마음에 안 든다고 하면 어쩌지? 나이가 많다고 싫어할 수도 있겠지? 네 살 차이가 많다고는 볼 수 없지만 처음 만났을 때 혜주는 20대, 나는 30대였으니까 내게는 그 차이가 꽤나 크게 느껴졌다. 그럼 철없는 모습을 보여야 하나? 재밌는 이야기를 해볼까? 근데 어떻게 웃겼더라. 아니야, 웃기는 건 너무 가벼워 보일 것 같아. 근데 반대로 과묵한 걸 싫어하면 어쩌지?

꼬리에 꼬리를 물고 걱정이 이어지자 계속되는 생각 때문인지 나는 메시지로 연락할 때와는 달리 상당히 과묵한 사람이 되어 있었다. 얼었다는 표현이 정확한 것 같다. 입이 얼어서 말은 생각처럼 나오지 않았고, 표정도 얼어 기분 좋게 웃어주지도 못했다. 어색한 첫 만남이었다. 사실 그렇게까지 버벅거린 적은 처음이었던 것 같다. 내가 이렇게 얼 수도 있구나. 긴장할 수도 있구나. 이런 감정을 느끼게 해줄 사람이 있구나…….

뻘쭘하게 흘러간 당시 데이트를 돌아보면 지금은 재미있는 에피소드처럼 느껴지지만 그때의 느낌은 아직도 생생히 기억난다. 앞으로 이런 감정은 못 느낄 거라고 생각했던, 내 작은 세계를 깨주던 그 첫 느낌.

•

첫 만남 후 서로가 좋은 감정을 가지고 있었지만 내 마음은 점점 조급해지기 시작했다. 혜주와 달리 내가 좀 급했던 것 같다. 다른 사람이 뺏어 갈까 봐, 나에게서 도망치면 어쩌나 하는 걱정이 아니라 그저 이 사람과 하루라도 빨리 함께하고 싶은 마음이었다. 혜주가 행복하면 좋겠다. 그 행복 속에 내가 있으면 더 좋겠다 하는 마음 말이다.

하지만 때때로 원하는 것은 잡으려고 노력할수록 멀어지기도 한다. 그런 결말은 피하고 싶었다. 그래서 최대한 서두르는 기색을 드러내지 않으려고 애썼다. 넌지시 나의 마음을 전할 수 있는 괜찮은 이벤트가 있을지 인터넷에 찾아보기 시작했다. 내 마음에 드는 고백 방법 하나를 찾았는데, 작은 꽃다발 세 개를 준비해서 아침에 하나, 점심에 하나, 저녁에 하나를 건네며 고백을 하는 방법이었다.

우리의 다섯 번째 데이트 날, 약속 시간보다 일찌감치 근처에 도착했는데 딱히 갈 곳이 없어서 카페에 들어갔다. 혜주도 근처에서 업무 미팅이 끝나면 연락하기로 했는데 그 카페에 혜주가 앉아 있는 게 아닌가. 마침 혜주도 미팅이 일찍 마무리되어 혼자 카페에서 시간을 보내고 있던 참이었는데 재미있게도 우연히 들어간 곳에서 마주치게 된 것이다. 속으로 '우린 운명이야'라고 외쳤지만 말을 하진 않고 준비한 첫 번째 작은 꽃다발을 주었다. 이 정도 크기면 부담이 되지 않는 귀여운 이벤트로 보일 테지.

그렇게 이야기를 나누며 차를 마시고 미리 준비한 데이트 코스대로 맛있는 밥을 먹고 벚꽃이 조금씩 피기 시작한

석촌호수를 걸었다. 석촌호수 길엔 사람이 정말 많았는데 내 눈엔 혜주만 보였다. 살랑살랑 봄바람과 함께 묘한 긴장감이 우리 주위를 감싸고 있었다. 혜주의 한쪽 손엔 조금 전 건넨 두 번째 작은 꽃다발이 들려 있었다. 걸어가면서 은근슬쩍 손을 잡았는데 혜주가 가만히 있던 순간에는 심장이 터질 것 같았다. 그리고 칵테일 바로 자리를 옮겨 가볍게 칵테일을 마시면서 시간을 보냈다.

데이트가 끝난 후 혜주가 서울에서 잠시 묵고 있던 호텔까지 바래다주면서, 차에서 내리려는 혜주에게 마지막 세 번째 꽃다발을 건넸다. 혜주의 표정 하나하나에 행복이 묻어났고, 이 여자를 더 행복하게 해주고 싶었다. 그런 내 마음을 너무 부담스럽지는 않게, 담담하게 전하고 싶었다. 나는 혜주에게 말했다.

"이거 사귀자고 얘기하는 거 아니야. 그냥 내 마음이 어떤지 보여주고 싶어서 준 거야."

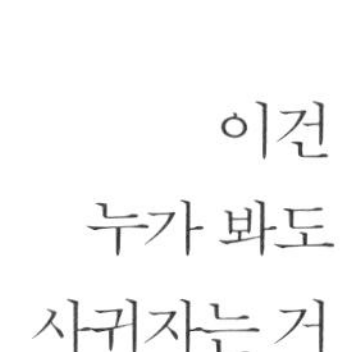

이건 누가 봐도 사귀자는 거 아닌가

어느 날 친한 언니가 내게 소개팅을 할 생각이 없냐고 물어왔다. 듣자 하니 너무 괜찮은 사람이고 나와 잘 어울릴 것 같다고 했지만 상황 때문에 만나기는 어려울 것 같았다. 당시 그는 인천에 살고 있었는데 부산에 살던 내게는 장거리 연애가 너무 부담됐기 때문이다.

소개팅이라면 가볍게 만나봐야 할 텐데, 가볍게 만나기

에는 너무 시간과 노력이 많이 들었다. 거기에 잦은 비행에 나서야 하는 항공사 승무원과는 더욱 데이트가 쉽지 않을 것 같아 몇 번을 망설였다. 실제로도 세 번이나 거절했다. 그런데 주선자인 언니의 생각은 달랐나 보다.

"누가 결혼하래? 복잡하게 생각지 말고 우선 가볍게 만나봐."

그 말 덕분인지 내 마음도 조금 가뿐해졌다. 그럼그럼, 만난다고 바로 사귀라는 법은 없지. 만나서 차 한잔 마시고 밥이나 먹고 얼굴이나 한번 보고 와야겠다.

처음에는 먼저 연락을 주고받기 시작했다. 소개 전 걱정했던 것과 달리 메시지에서 보이는 오빠의 성격은 너무도 유쾌해서 직접 만나보고 싶은 마음이 점점 커졌다. 당시 20대였던 나는 이 사람의 유머러스한 모습이 내가 생각했던 30대의 이미지가 아니라서, 정말 30대가 맞는지 의심이 갈 정도로 재미난 이야기를 주고받았던 기억과 동시에 역시 30대는 노련하구나 하는 생각도 들었던 것 같다.

•

스물일곱 초봄, 운영하던 쇼핑몰 때문에 자주 서울을 오가던 어느 날, 일 때문이 아니라 이 남자를 만나기 위해 KTX를 타고 서울로 향하던 긴 시간, 설레는 마음을 안고 카페에서 처음 마주친 오빠는 다른 건 몰라도 확실하게 당황한 것 같았다. 연락할 때는 분명 말이 끊이지 않았는데 어찌된 일인지 우리 사이에는 어색한 침묵만 흘렀다. 뭐지, 앞에서는 말을 잘 못하는 스타일인가? 생각하는 동안 음식이 세 가지인가 나왔는데 거의 남기고 말았다. 오빠가 밥을 제대로 먹지 못한 탓이다. 그러나 조금 서먹한 분위기에도 빛나는 묘한 유머 감각과 적당히 어른스러운 태도 때문이었는지 조금 더 함께 시간을 보내고 싶었다.

문제는 앞으로의 만남이었다. 첫 만남이야 그렇다 치더라도 부산에 사는 나와 항공사 승무원인 오빠의 스케줄을 맞추기는 정말 쉽지 않았다. 그래서 오빠의 쉬는 날에 맞추어 서울 출장을 잡았고 미팅 후에 만나기로 약속했다.

미팅이 일찍 마무리되어 30분 정도 시간이 떠서 우선 근처 카페에 자리를 잡았다. 약속 장소에 일찍 도착해서 기다리고 있다고 연락하면 왠지 오빠가 서둘러 오다가 사고라도 날 것 같은 기분 때문이었다. 그래서 그냥 다른 곳에서 기다렸다가 약속 시간에 맞춰 나가려고 한 건데, 계획 없이 들어간 그 카페에 잠시 후 오빠가 들어오는 것이 보였다.

열리는 카페 문을 무의식적으로 쳐다봤다가 오빠가 들어오면서 눈이 딱 마주쳤다. 놀란 우리는 서로 어떻게 여기 오게 됐는지 이야기했는데, 오빠 역시 일찍 도착했지만 나에게 부담 주지 않으려고 잠깐 시간을 때우러 들어왔다는 것이었다. 그 말에 웃음이 터지고 말았다. 어쩌면 그때 난 우리의 미래를 직감했는지도 모른다. 이렇게 배려심 넘치는 사람이라면 놓치고 싶지 않다는 생각도 들었다.

그날 나는 세 개의 꽃다발을 받았고, 그때부터 우리의 진짜 만남이 시작됐다. 세 번째 꽃다발을 안겨주면서 오빠는 내게 자신의 마음을 고백했다. 그런데 짐짓 여유로운 얼굴로 하는 말에 또 웃음이 나왔다. 사귀자는 건 아니라나. 나는 생각했다. 이거 누가 봐도 사귀자는 거 아닌가…….

헤주의 빈자리를 채워주던 사진들

그렇게 우리는 함께하게 됐다.

좋아하면 닮는다더라

정연

이상형을 꼭 정의하는 않더라도, 지금껏 만나고 싶은 사람의 이미지를 생각해보면 언제나 나와 다른 사람을 상상했던 것 같다. 너무 비슷해서 끌리는 관계도 물론 있지만 나의 경우엔 나와 달라서 관심이 간 경우가 더 많았다. 그런 면에서도 혜주는 완벽한 나의 이상형이었다.

나와 혜주는 정말 다르다. 당시에는 MBTI가 유행하기

전이었는데 후에 알아보니 나는 ENFJ, 혜주는 ISTP였다. 겹치는 성향이 하나도 없다. 혜주의 MBTI인 ISTP는 분석대로라면 만능 재주꾼이 많다고 한다. ISTP의 성향을 더 찾아보니 이런 설명이 나왔다. "일반적으로 조용한 편이지만 필요에 따라 사교적이고, 마음에 없는 얘기를 하지도 않는다. 분석적이고, 논리적이다." 혜주 그 자체였다.

한편 ENFJ는 선도자로 종종 불린단다. "기본적으로 인류애, 연민, 동정, 이해심이 대단히 많고, 타인의 관심사에 귀 기울이며 배려한다. 또 구체적이고 현실적인 지도력이 있고, 신중하며 집중력이 강하다." 이 두 해석은 우리를 잘 표현해주고 있는 것처럼 느껴진다.

무엇보다 혜주는 배울 점이 참 많은 사람이다. 내가 가지지 못한 것을 많이 가지고 있는 사람이다. 혜주는 무던하다. 내색하지 않고 덤덤하게 혼자 감당하는 일들이 많다. 나는 고민도, 아픔도, 사랑한다면 뭐든 같이 나눠야 한다고 생각하는 편인데, 혜주는 굳이 자신의 고민을 얘기해서 사랑하는 사람까지 힘들게 할 필요가 없다고 생각한다.

처음에는 나에게 깊은 감정을 공유해주지 않는 것 같아

섭섭한 마음이 들었다. 나를 신뢰하지 못해서 그럴지도 모른다는 생각이 들었기 때문이다. 잘 모르면 그만큼 잘 챙겨주기 어려우니 불안하고 미안한 마음도 한몫했을 것이다. 못내 섭섭한 마음에 초반에는 다투기도 했다.

이제는 서로가 다르다는 걸 알기 때문에 조금씩 서로가 할 수 있는 것들을 하고, 이해하면서 살아가고 있다. 그러한 변화가 갑작스럽게 일어난 것은 아니었지만, 그렇다고 바득바득 노력이 필요하지는 않았다. 그저 자연스럽게 받아들여졌달까. 우리는 서로의 다름을 포용하면서 조금씩 우리만의 흐름을 만들어갔다. 걸음이 척척 맞는 이인삼각 경기처럼 말이다.

•

나는 사람을 좋아하고 그만큼 잘 믿는 편이다. 그래서 나의 모든 이야기를 스스럼없이 하곤 했다. 내가 이만큼 마음을 열고 말을 하면 상대도 나한테 그만큼 해줄 수 있을 거라고 믿었기 때문이다. 하지만 사람을 너무 좋아하고, 잘 믿는 성격이 가끔은 나에게 독이 되어 돌아오기도 했다. 그럴 때면 어른들이 말조심하라는 이유를 새삼 느끼곤 했다. 혜주를 만난 이후로는 필요할 때, 필요한 말만 하는 것도 점점 잘하는 것 같아 기분이 좋다.

혜주는 정말 멋진 사람이다. 혼자서 꿋꿋하게 헤쳐 나가는 혜주를 보면 대견하지만 안쓰러울 때도 있다. 내가 이런 말을 하면 혜주는 "아니야, 진짜 안 힘들어"라고 말하곤 한다. 내 기준에서 보면 엄청난 일이어도 언제나 혜주는 별거 아니라며 웃어넘긴다. 나는 혜주의 그런 면을 존경한다. 우리가 조금씩 서로를 닮아가는 모양을 보고 있으면 행복과 동시에 책임감이 생긴다. 혜주의 존경스러운 면을 볼수록 나도 더 나은 사람이 되어야겠다는 책임감이다.

좋은 사람을 만난다는 건 뭘까. 굳이 나를 바꾸려고 애쓰지 않아도, 만남과 애정 안에서 서로를 자연스레 껴안는 것이 아닐까. 그 사랑 안에서 점점 더 내가 괜찮은 사람이 되어간다는 게 느껴질 때, 우리는 행복한 사랑을 하고 있음을 깨닫는다.

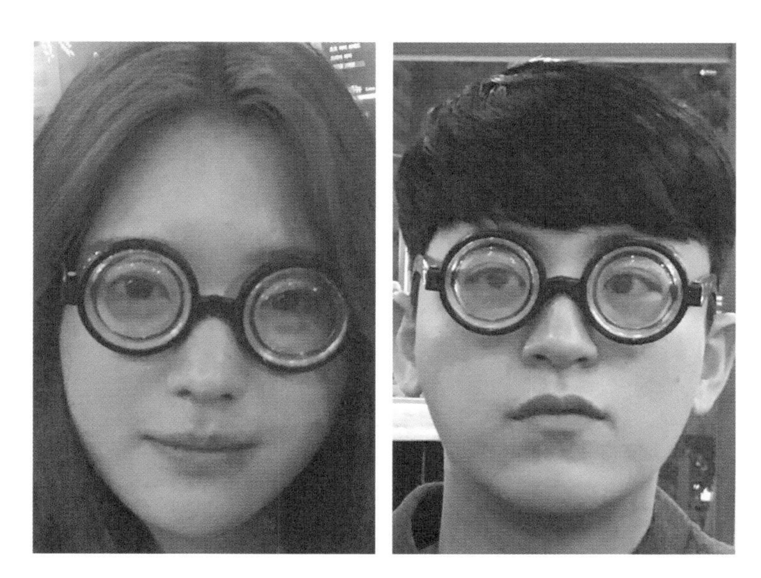

표하게 닮아진 것 같다.

혜주

배울 점이 있는 사람

많은 사람이 그렇듯 나도 굴곡 있는 인생을 좋아하지 않는다. 하지만 인생은 내가 어떻게 할 수 있는 게 아니니까 나에게 어떤 일들이 일어날지 모르는 게 또 삶의 매력이라면 매력인 것 같다. 살면서 힘든 일이 닥치거나 슬럼프와 마주할 때, 혹은 더할 나위 없이 기쁠 때에도 '이 또한 지나가리라'라는 마음가짐을 잊지 않으려고 한다.

힘들고 아픈 일들도 곧 지나갈 거라는 마음으로 버텼고 남들에게 축하받을 만큼 멋지고 행복한 일도 이것 또한 지나갈 거야, 그러니까 자만하지 말자 하는 마음으로 지났다. 실망도 마찬가지다. 안 되면 어쩔 수 없지. 곧 다른 일이 찾아올 거야. 그러니까 지금 이 감정은 그냥 흘러가게 보내면 된다.

크게 기쁘지도 슬프지도 않고 적당한 선을 유지하며 살다 보니 무던하다는 이야기를 많이 들었다. 요즘 말로 하면 타격감 제로라고나 할까. 기쁜 일도 슬픈 일도 우리의 기나긴 인생에 빗대어 보면 찰나에 불과하다. 그러니 순간에 충실해야 한다. 그 순간에 집중하고 최선을 다하다 보면 내 삶은 행복으로 가득 채워져 있을 테니 말이다.

•

내 이상형은 배울 점이 많은 사람이다. 오빠와 사귀고 얼마 지나지 않았을 무렵 우리의 과거 연애에 대해 대화를 나눈 적이 있다. 사실 난 연애 이야기를 한다는 게 조금 부담스러웠다. 나의 어릴 적 연애는 본의 아니게 많은 사람에게 알려진 상황이었고 오빠가 그 사실 때문에 다소 기분 상하는 일이 생기지는 않을까 걱정이 됐던 것 같다.

하지만 오빠는 말했다. 미성숙했던 과거의 연애와 실패한 사랑들이 있기 때문에 지금 우리가 있는 거라고. 지금은 그때보다 더 어른스러운 모습으로 서로를 만날 수 있는 거라고 말이다. 그 말이 나는 참 고마웠다. 그로 인해 우리 사이가 더 깊어지는 것을 느꼈다. 과거의 경험은 좋든 나쁘든 지금의 우리를 더 좋은 사람으로 만들어주는 훌륭한 밑바탕이다. 과거에 어떤 아픔이 있든, 그걸 통해 배우거나 느끼는 게 하나라도 있었다면 후회하지 않아도 된다.

때로는 이런 사람은 만나지 말아야지 하는 반성이 될 수도 있다. 그게 아니면 내가 더 괜찮은 사람이었으면 좋았을 텐데 하고 나를 성장시킬 수도 있다. 오빠와 나는 각자 다른 곳에서 서로 다른 경험을 쌓았지만, 그를 통해 성장한 모습은 꼭 닮아 있었다. 그렇기에 잘 맞는다는 생각이 들었는지도 모르겠다.

나는 약간 게으른 편이다. 미리미리 준비하는 것은 내 성향에 맞지 않을뿐더러 일이 임박했을 때 약간 무리해서 그럭저럭 좋은 결과를 만들어낼 수 있는 능력이 있다 보니 계획적이고 체계적인 것과는 거리가 멀다. 그에 반해 오빠는 항상 부지런하고 영민하게 나의 결핍을 채워주는 역할을 해준다. 현재 하고 있는 사업도, 유튜브도, 육아도 서로가 부족한 점을 보완해주며 함께 성장하고 있다. 인생의 동반자가 배울 점이 많은 사람인 것은 정말 큰 복이다.

함께하고 있다면 우리는 행복하다.

연애의 종착지

사랑이 뭘까, 연애는 어떻게 하는 걸까, 나는 왜 이성의 관심을 받지 못하는 걸까. 살다 보면 누구나 한 번쯤 고민하게 되는 것 같다. 20대 때의 나 역시도 그런 고민을 종종 했지만 혜주를 만나고 그런 고민을 던질 이유가 없어졌다. 어쩌면 내 사랑의 종착지를 발견해서인지도 모르겠다. 어디에서 시작했든, 어쩌면 연애란 내가 정말로 사랑하는 사람을 찾기 위한 노력의 과정인지도 모르겠다. 매 순간 최선을 다해 사랑하다 보면 분명 그 답을 알게 될 것이다.

우리가 처음 연애를 할 즈음, 일찍이 대중에 이름이 알려져 있던 혜주는 연애 관련해서 스트레스가 많았을 것이다. 솔직히 나에게 그것이 문제가 되진 않았다. 혜주를 처음 만났을 땐, 부산에 사는 것도 몰랐고 그렇게 많이 알려진 사람이라는 것도 몰랐기 때문이다. 나는 혜주의 과거 연애가 신경 쓰이지 않았지만 주변에서 오히려 걱정을 했던 것 같다. 앞으로는 유혜주 하면 조땡이 먼저 생각날 수 있게 내가 이 상황을 역전시켜야겠다는 생각도 있었던 것 같다. 그러면서 나는 사랑하면 간이고 쓸개고 퍼주는 편이라는 것도 알게 됐다.

•

흔히들 연애의 끝은 결혼이라고 생각하지만 결혼 후에도 수많은 일들이 기다리고 있다. 결혼이 사랑의 목표는 아니다. 결혼이나 결혼 이후로 가는 매일매일의 마음도 언제나 한결같지는 않을 것이다. 사람은 다 똑같을 수 없고, 그중에 하나쯤은 마음에 들지 않는 부분도 있게 마련이다. 그럴 때마다 또 헤어지면 되는 걸까? 모난 모양도, 만나며 함께 변해가는 과정도, 다 사랑이다. 그 시간이 더 괜찮은 사람이 되기 위해 애쓸 수 있는 원동력이 되기도 한다.

요즘의 혜주를 보면 처음보다 확실히 달라진 걸 느낀다. 좀처럼 힘든 이야기를 많이 안 하던 혜주는 이제 내게 속이야기를 터놓고 한다. 스스로 내가 이렇게 말을 잘하는 사람이라니! 하며 놀라기도 한다. 나도 혜주와 함께하다 보니 전보다는 제법 과묵해졌다. 서로가 서로를 닮아가는 것을 생각하면 이 사람과 함께하는 내 미래가 조금씩 더 궁금해진다. 어쩌면 그게 내가 결혼을 결심한 가장 큰 이유 중 하나였는지도 모르겠다.

과거에 어떤 길을 걸어왔든, 지금의 사랑에 진심으로 최선을 다해야 한다. 어설펐고 부족했던 연애 경험이 있기 때문에 지금의 내가 있는 거고, 지금 곁에 있는 사람에게 더 최선을 다할 수 있는 거니까. 물론 사랑의 실패로 상처를 받기도 하겠지만 그 상처가 아물면 스스로 더 좋은 사람이 될 수 있고, 사랑도 좀 더 성숙해지리라 믿는다. 그러니 사랑에 실패했다고 주저앉기보다, 상처받을지언정 사랑을 잊지 않으려는 노력을 계속해나가면 좋겠다.

혜주 내꺼 ♡
정연이 내꺼 ♡

TO. 정연왕자님♡
정연 왕자님
나 뽀뽀 많이 해주세용 >3<
100번 해주세용 >3<♡
FROM. 정연이꼬
2017 혜주가♡
4/30 밤
이태원에서 ~♡

혜주

상처받더라도, 무던하게 사랑해가길

가끔 내게 SNS 메시지를 통해 연애 고민을 토로하는 분들이 있다. 그중에는 자신의 잘못이 아닌데도 자책하고 힘들어하는 사람들이 있다. 하지만 나는 그분들이 그렇게 자책할 이유가 없다고 생각한다. 만약 누군가가 자꾸 나를 자책하게 만들거나 연애 하는 내 모습이 전보다 행복해 보이지 않는다면 그건 진짜 사랑이 아닐지도 모른다.

물론 힘들 때는 어떤 말을 해도 귀에 들어오지 않는다는 것을 잘 알지만 그분들에게 말하고 싶다. 당신은 더 사랑받을 수 있는 사람이고 지금 사랑하고 있지 않더라도 반짝반짝 빛나는 사람이라고. 당장 힘든 일이 있더라도 힘든 시간을 어떻게든 잘 보내고 나면 언젠가 한 걸음 더 성장한 스스로를 확인할 수 있을 것이다.

내가 정말 어떤 사람을 원하고 어떤 사랑을 추구하는지는 많은 사람을 만나고 다양한 경험을 해봐야 정확하게 알 수 있다. 훈련이라는 표현을 써도 될지 모르겠지만 아픈 연애도 일종의 연애 훈련인 셈이다.

오빠와 만나면서 나는 내 속에 갇혀 있던 생각이나 고민을 겉으로 표현하는 방법을 배웠고, 내가 막상 말을 하면 꽤 말이 많고 잘하는 편이라는 것도 알게 되었다. 나에게는 이런 변화가 너무도 소중하다. 물론 평소의 나와 다른 모습이 되어가는 것은 다소 어색할 수도 있다. 서로의 모습을 다듬어가는 과정에서 체력이 고갈될 수도 있을 것이다. 그래도 분명 좋은 영향이라고 생각한다. 오빠는 우리의 이런 변화를 서로에게 흡수되어가는 거라고 얘기하곤 한다.

우린 너무 다르니까 서로의 좋은 점, 가지지 못한 부분들을 흡수하면서 더 다양한 모습을 가진 사람이 되어가는 거라고. 그렇게 서로를 닮아가는 게 사랑인 것 같다.

나는 사람의 감정을 이용하는 밀고 당기기를 잘 하지 못한다. 좋으면 좋고 싫으면 싫은 게 확실해서 좋은 사람에게는 내 모든 걸 퍼준다. 원래 타인에게 큰 관심이 없을뿐더러 정말 아니다 싶은 사람은 가슴 아프지만 확실하게 끊어내는 편이다. 그 헤어짐이 뼛속까지 아프고 힘들더라도 그러한 감정이 지나가고 나면 한 뼘 더 자랄 수 있다. 그러니까 하고 싶은 대로 하자. 내 감정을 숨기지 말자. 나는 왜 연애를 못 할까 하는 자책으로 힘들어하진 말자. 그 과정 역시 나를 성장시키기 마련이니 말이다.

내가 하고 싶은 사랑을 할 때 우리는 비로소 빛난다.

정연

긴 여행을 준비하며

나는 원래 소소한 기쁨을 안겨주는 걸 좋아한다. 뜬금없이 꽃을 건넨다거나 하는 것처럼 말이다. 하지만 요즘 통 혜주에게 꽃 선물을 못 한 것 같다. 어쩌면 핑계일지도 모르지만, 공감해줄 사람이 있으리라 믿는다. 아름다운 꽃을 보는 건 정말 좋지만, 시들면 결국 쓰레기가 된다. 집에서 쓰레기 처리는 내가 맡고 있기 때문에 쓰레기가 된다고 생각하니 꽃 사는 게 쉽지 않다. 어차피 내가 사고 내가 버려야 하니까. 혜주 또한 꽃을 그리 좋아하지는 않는다.

우리 가장 큰 이벤트는 프러포즈였다. 우리의 결혼은 너무도 자연스럽게 진행되어서 언제 결혼하자고 하게 됐는지는 정확히 기억나지 않는다. 평생을 함께해야겠다는 결심은 단번에 나오지는 않지만, 오랜 신뢰와 마음이 가리키는 곳이 결혼이었다. 이 사람이랑 결혼해야겠다. 막연한 마음이 점점 구체적으로 가는 과정이었던 것이다.

•

우리나라에는 결혼을 약속한 이후 프러포즈를 하는 문화가 있다. 나도 이에 맞게 프러포즈를 준비했다. 기왕 하는 것 혜주가 전혀 예상하지 못한 시점에 해야겠다는 생각을 하던 차에 혜주가 친구들과 오사카로 여행을 떠났다.

나는 그때 밤샘 비행 스케줄이 있었는데, 귀국 후 혜주에게는 잔다고 한 뒤에 한걸음에 오사카로 날아갔다. 혜주의 친구들과도 이미 친분을 쌓아왔기에 몰래 도움을 요청했다. 오사카 시내 여행을 끝내고 호텔로 들어올 때 생일 파티를 해주는 척하면서 눈을 가리고 방으로 들어와달라고. 친구들과는 이야기를 다 끝냈고 먼저 숙소에 들어가 혜주가 돌아오기를 기다리면서, 낑낑거리며 한국에서 가져온 웨딩 슈즈, 꽃, 케이크, 와인을 준비했다. 방 안 곳곳에 향초를 피워 분위기를 더했다.

프러포즈의 순간, 혜주는 눈을 가리고 방에 들어왔고 뭔가 타는 냄새가 나는 것 같다며 온갖 감각을 동원해 무슨 일이 일어나고 있는지 예상하려고 애썼다. 그리고 안대를 벗는 순간 TV 영상 속에 미리 준비해둔 나의 모습이 흘러나왔다.

어떻게 보면 너무 흔하고 유치할 수도 있는 프러포즈인데, 영상이 끝날 때까지 내가 오사카에 왔으리라고는 상상도 못 했던 혜주는 프러포즈 영상이 끝난 후 짠 하고 나타난 나를 보고 깜짝 놀라더니 결국 눈물을 터뜨리고 말았다. 혜주의 예상치 못한 반응에 나도 덩달아 놀랐다. 절대 눈물 같은 건 안 흘리는 혜주라고 생각했는데, 나의 프러포즈에 혜주가 눈물을 흘리고 있었다.

사실 그 영상이 나오는 동안 나는 좁은 침대 칸 속에 숨어 있어야 했다. 뒤에서 몰래 혜주를 지켜보면서, 쿵쾅거리는 내 심장 소리가 혜주에게 들리는 건 아닌지, 터질 것 같은 심장을 어찌나 부여잡고 있었는지 모른다. 그리고 마지막 서프라이즈로 내가 나타났을 때 활짝 웃는 혜주의 미소를 보고 요동치던 심장은 평온해졌다. 행복으로 가슴이 가득 부풀어 올랐다.

혜주야,

너를 만나오는 동안에 나는 확신이 계속 생겼던 것 같아.

너를 사랑하는 내 모습까지 좋아졌고,

그래서 너랑 결혼을 결심한 것 같아.

자기 전에 난 항상 네 사진을 보는데,

네가 활짝 웃고 있는 모습을 보고 있으면 기분이 너무 좋아져.

그리고 그 기분으로 행복하게 잠을 청할 수 있는 것 같아.

우리가 결혼을 하면 네가 활짝 웃는 모습을 매일 볼 수 있겠지?

너를 만나면서 항상 들었던 생각은

'아, 이 여자다' 하는 거였어.

함께 살면서 네가 행복하고, 우리가 행복하고,

함께 웃을 수 있도록 많이 노력할게.

사랑해, 혜주야.

나랑 결혼하자.

한결같은 믿음

오빠와 처음 만났을 때는 사실 결혼할 생각까지는 안 했던 것 같다. 대부분이 그렇듯 연애를 한다고 해서 '이 사람과 결혼해야지' 생각하고 만나는 건 아니었기 때문이다. 하지만 만나다 보니 자연스럽게 결혼에 대한 확신이 생겼다. 한결같은 이 남자라면 결혼을 해도 좋겠다는 생각이 강하게 들었다. 우리는 자연스럽게 언제쯤 결혼하면 좋을지 이야기하며 우리가 함께 그릴 미래를 그렸다.

오빠와 결혼해야겠다고 떠올렸던 계기가 있긴 있다. 이전의 어리숙한 연애로 인해 몇 년 동안 단절되어 있던 친구들과 다시 함께 뭉쳐 노는 것이 너무 즐거웠다. 자연스럽게 귀가가 늦어지고, 친구들과 신나게 시간을 보내다 보니 오빠한테 제대로 연락을 못 하게 되는 일이 여러 번 생겼다. 오빠는 그럴 때마다 잔소리를 했지만 화를 내지는 않았기 때문에 나도 별로 심각하게 생각하지 않고 넘기곤 했다.

하지만 내가 늦은 시간까지 노는 동안 오빠는 잠도 제대로 자지 못하고 나를 걱정하면서 조금씩 마음을 정리하고 있었다는 걸 뒤늦게야 알게 됐다. 그렇게 몇 번 비슷한 일이 반복될 즈음 어느 날 오빠가 내게 진지하게 말하는 것이었다. "내가 사람을 잘못 본 것 같네."

나에게 실망했다는 말, 이젠 나에 대한 기대를 접겠다는 의미인 그 말에 가슴이 철렁 내려앉는 느낌이었다. 실제로 그 말을 한 이후로 오빠는 나에게 그다지 신경을 쓰지 않는 듯 보였고, 이렇게 이 사람을 놓치면 너무 후회할 것 같았다. 결국 그 말 때문에 정신이 번쩍 들었던 것이다. 친구들과 보내는 시간도 즐거웠지만 이 사람과 함께할 앞으로의 시간들이 더 행복할 거라는 생각이 들었다. 게다가 친구들과의 만남에 대한 갈증을 해소해주기라도 하듯 오빠는 내 친구들과 더 친하게 지내기 시작했다. 지금은 오빠와 내 친구들은 둘도 없는 친구 사이가 되어 잘 지내고 있다.

•

오빠는 화가 나거나 짜증이 나도, 나를 대할 때의 모습이 한결같다. 본인은 아니라고 하지만 어쩌면 나보다 더 감정의 변화가 없지 않나 하는 생각이 들 정도로 말투나 행동 역시 똑같다는 느낌이 들었다. 그래서 나중에 우리 인생에 큰 어려움이 닥쳐도 한결같은 이 남자라면 나와 잘 헤쳐 나갈 수 있을 것 같다는 생각이 들었다. 기나긴 우리 삶을 고려할 때 지금 결혼하면 한 남자와 60~70년을 함께 살 텐데 오빠라면 그 시간이 지루하지 않을 것 같다는 마음이었다.

행복이란 뭘까. 오늘은 웃고 내일은 울 수도 있지만 그 모든 과정들은 우리를 만들어가는 자연스러운 일이라는 걸 받아들이고, 어떤 일이 찾아와도 한결같은 마음으로 받아들일 수 있는 자세가 아닐까.

물론 이것은 말처럼 쉽지 않고, 어쩌면 세상에서 제일 어려운 일이라는 것도 안다. 맛집으로 소문난 식당이지만 한결같은 맛으로 단골을 붙잡아두는 것도 쉽지 않고, 선생님이 한결같은 마음으로 모든 아이들을 대하는 것도 엄청난 노력과 수련이 있어야 하는 일이다. 그럼에도 그걸 해내는 사람들이 있는 것처럼, 우리도 서로에게 보여줄 한결같은 모습을 위해 노력을 아끼지 않았으면 좋겠다. 누군가를 위해 노력하는 것이야말로 사랑의 증거가 될 수 있을 테니까.

사랑은 짧게 타오르며 시작하지만, 한결같은 마음으로 결실을 맺는다.

Chapter 2

네가 태어날 적

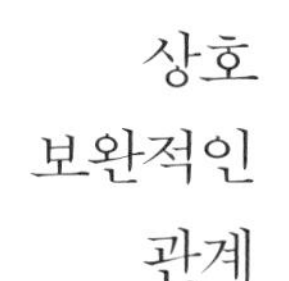

상호 보완적인 관계

결혼 이후 생활을 담기 시작하면서, 우리 채널에도 우리를 응원하고 보러 오는 분들이 많아졌다. 오빠를 대하는 내 마음가짐도 이전보다는 조금 달라진 것 같았다.

오빠에 대해 새로운 사실도 하나둘 알게 됐다. 내가 생각하는 오빠는 언제나 똑부러지고 정리 정돈도 잘하는 그런 사람이었는데 막상 옆에서 보니 이 사람이 생각보다 허당이라는 사실을 알게 된 것이다.

새로운 사실에 적응할 시간이 필요했던 건지, 사귈 때는 싸울 일이 아니었던 문제도 이상하게 다툼으로 번지는 일이 많아졌다. 예를 들어 정리 정돈에 대한 개념이 다르면 너 왜 그렇게 해? 이런 이야기를 주고받으며 투닥거리기도 일쑤였다.

몇 번의 갈등 이후 우리는 합의를 했다. 그저 서로 할 줄 아는 것을 해보는 것이다. 설거지 잘하는 사람은 설거지를 하고, 청소 잘하는 사람은 청소를 하기로 했다. 빨래에 자신이 있다면 자신 있는 사람이 하면 된다.

오빠는 정리 정돈을 참 잘한다. 요리도 잘한다. 나도 요리를 종종 하긴 하지만, 요리에는 통 재능이 없는 편이라서 그런지 요리가 아닌 조리 음식을 해도 맛이 이상하게 잘 나지 않는다. 내가 오빠에게 요리를 해주면 오빠는 조용히 가서 간을 다시 해온다. 오빠가 다시 간을 맞춘 음식은 희한하게도 정말 맛있다!

한편 나는 위생 관리나 뒷정리에 자신 있다. 바닥도 잘 닦는다. 둘 다 요리만 잘했다면 부딪칠 수 있었겠지만 우리가 이렇게 서로 보완할 수 있는 지점이 있으니 다행이라고 생각한다. 그렇게 크고 작은 일들로 우리의 삶이 무르익을 무렵, 우리의 인생에는 또 다른 크나큰 변화가 기다리고 있었다.

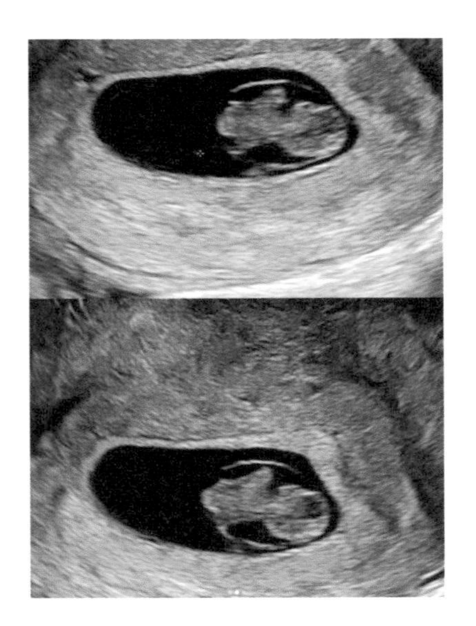

아무도 모르게 자라고 있던 녀석

하와이 베이비

정연

하와이가 우리의 신혼여행지는 아니다. 그럼에도 하와이는 우리에게 잊을 수 없는 곳이다. 그곳에서 유준이의 존재를 처음 알게 됐기 때문이다. 하와이에서 유준이가 혜주의 뱃속에서 자라고 있다는 사실을 처음 알게 됐다.

하와이로 가기 전부터 혜주의 몸이 이상하긴 했다. 속도 안 좋은 것 같고 피로감도 몰려오고 아무튼 평소와는 다른 느낌이라고 했다. 하지만 혜주에겐 여행만 가면 체하거나 감기에 걸리는 징크스 아닌 징크스가 있었다. 혹시나 하는 마음에 하와이로 떠나기 전 산부인과에 가서 자궁 검사도 해봤지만 아기집은 보이지 않았다. 그렇기에 유준이 임신 사실을 알았을 때 우리는 너무도 얼떨떨한 기분이었다.

인생은 늘 생각대로 흘러가지는 않는다. 그래도 우리는 아이를 우리가 원하는 시기에 가지고 싶었다. 혜주와 나의 스케줄을 다 따져봤을 때 3월에 출산하면 가장 좋겠다는 생각이 들었기에 병원에 가서 임신 가능 날짜도 받아 왔었지만 생각처럼 되지 않던 참이었다. 특정 시기에 낳아야 한다는 심리적인 부담감이 있었을지도 모르겠다. 혜주의 몸도 나도 아직 준비가 덜 된 것이었을 수도 있다. 그렇게 자연스럽게 아이가 찾아올 때까지 편안한 마음으로 기다려야겠다는 생각이 들 때쯤 유준이가 찾아온 것이다.

하와이 여행 중 혜주는 컨디션이 좋지 않았지만 그래도 시간을 내어 여행을 왔으니 내색 않고 즐기려 노력했다. 그런데 평소 그렇게 좋아하던 아이스 라테도 우유가 얼음에 묽게 희석될 때까지 못 마시는 걸 보니 확실히 이상하다는 생각이 들었다. 내가 커피를 왜 마시지 않냐고 묻자 혜주는 그저 오늘따라 커피가 당기지 않는다고 대답했다.

무언가 마음에 걸리는 와중에도 우리는 짜두었던 하와이 여행 계획을 알차게 지켰다. 스노클링, 패러세일링, 문열고 헬리콥터 타기 등 격렬한 액티비티란 액티비티는 빼놓지 않고 즐겼는데, 뱃속에 아이가 없을 거라고 생각하고 있었기에 가능한 일이었다.

그래도 계속 이상한 기분을 느낀 우리는 그냥 한번 검사나 해보자 하는 마음에 임신 테스트기를 구매했다. 조마조마하지도 않았고 그저 가벼운 마음에 사 왔던 것이다. 그런데 테스트기에는 희미하게 두 줄이 떠 있었다. 정말 놀랐지만, 여행 출발 전 산부인과도 다녀왔기 때문에 임신이 아닐 가능성이 컸다. 임신 테스트 시점이 배란일과 겹치면 테스트기에 두 줄이 뜨는 경우도 있기 때문에 하루 이틀 뒤 오전 소변에 다시 테스트를 해보기로 했다.

다시 해본 임신 테스트기에는 두 줄이 선명하게 보였다. 우리가 엄마 아빠가 된다니. 지금 뱃속에 아이가 있다고? 액티비티를 너무 격하게 한 것 같아서 걱정도 되고 얼떨떨한 마음으로 여행을 마무리했다. 만약 하와이에 도착한 첫 날에 임신 사실을 알게 됐다면 분명 모든 계획을 취소하고 숙소에만 있었을 것이다. 까맣게 임신 사실을 몰랐으니 지금 생각해보면 오히려 여행을 더 재밌게 하고 온 것 같아서 다행이라고 생각한다.

하고많은 날 중에 하와이에서 우리에게 자신을 알린 유준이, 그곳에서 임신 사실을 알았으니 우리는 알로하에서 '로하'를 가져와 태명으로 하기로 했다. 그렇게 유준이가 로하라는 이름으로 우리에게 찾아왔다.

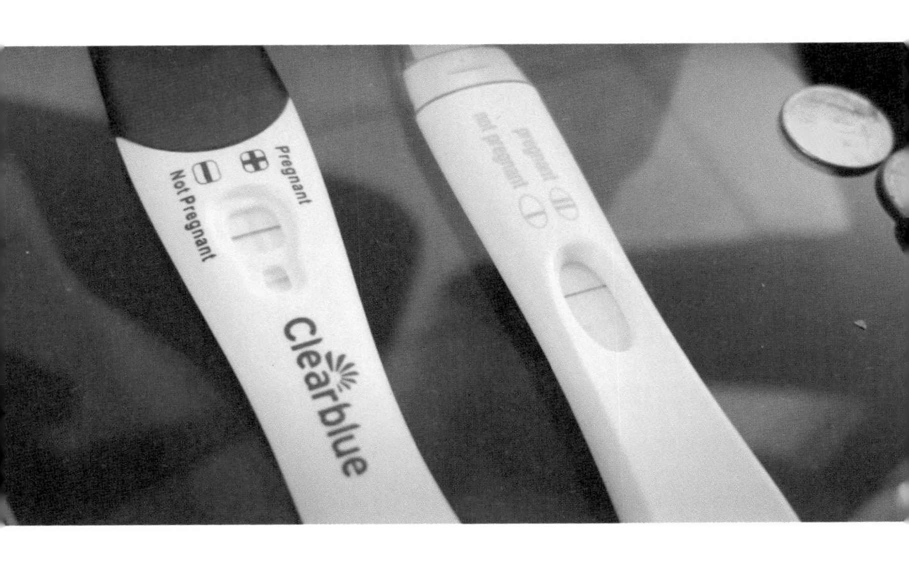
Pregnant
Not Pregnant
Clearblue
pregnant
not pregnant

로하야,
잘 있니?

여행에서 돌아온 이후 양가 가족에게 나름의 서프라이즈로 로하의 소식을 알렸다. 작은 카드에 “할아버지, 할머니 반가워요! 제 이름은 로하예요”라고 써서 초음파 사진을 붙였다. 그리고 꽃다발에 카드를 쏙 넣어두었다.

가족과 함께 저녁을 먹는 중에 꽃다발을 건넸다. 아버지는 카드를 보더니 “이야, 몇 개월이고?”라고 덤덤하게 말하시고는 이윽고 눈물을 찔끔 흘리셨다. 눈물이 아니라 콧물을 흘렸다고 변명하셨는데 이상하게 눈에서 자꾸 물이 떨어지는 것 같았고 동생들은 아버지가 운다며 놀렸다.

우리는 다 함께 둘러앉아 녹음해둔 로하의 심장소리를 들었다. 아기의 심장은 어른과 다르게 엄청 빨리 뛴다. 당시엔 7센티미터밖에 안 되는 작은 몸에서 어떻게 그렇게 심장이 콩콩 뛰고 있는지 참 신기했다.

어머니는 연신 내 걱정뿐이었다. 어떤 것을 먹어야 하고 뭘 준비해야 할지 조곤조곤 말해주셨다. 힘들게 오 남매를 키워오신 기억과 첫째 딸의 반가운 임신 소식에 여러 감정이 교차하셨던 건지 어머니도 갑자기 눈물을 흘렸다. 우리 어머니는 눈물이 나려고 할 때는 눈을 자꾸 꼬집는 버릇이 있다. 그러면서 눈물을 닦아낸다. 어머니는 주방 싱크대로 뒤돌아서서 조용히 눈을 꼬집었다.

•

이제 곧 세상 밖으로 나올 로하를 기다리며 나도 오빠도 준비를 해야 했다. 당연하게도 우리는 처음에 어떤 준비를 해야 하는지 알 수 없었다. 나는 그래도 밥을 잘 챙겨 먹고 규칙적인 생활을 하려고 애썼다. 시기에 맞추어 산부인과 진료도 열심히 받으면서 로하를 기다렸다.

태교도 출산 준비 중 하나일 테지만 크게 신경은 쓰지 않았다. 산모가 즐겁고 행복하면 아이도 행복하다고 한다. 임신 중에도 실화를 바탕으로 한 스릴러 장르도 잘 봤다. 먹고 싶은 음식은 먹고, 보고 싶은 것은 보면서, 나도 로하도 행복한 상태를 유지하기 위해 노력했다. 마침 예능 프로그램에 나온 산부인과 의사 선생님이 태교에 너무 신경 쓰지 말고 산모 하고 싶은 대로 하는 게 가장 건강에 좋다고 말했다. 몸 생각한다고 너무 침대에만 누워 있는 것도 좋지 않으니까 돌아다닐 수 있으면 돌아다니고 하고 싶은 거 하면서 산모의 행복을 먼저 생각해보라는 내용이었다.

클래식 음악을 듣고 예쁜 것만 보는 건 내 취향이 아니었지만 꼭 그런 태교 활동이 아니어도 내가 하고 싶은 활동이라면 오히려 더욱 즐겁게 할 수 있었다. 반려견 먹태도 뱃속에 아기가 있는 걸 아는지 나와 더 시간을 보내려 했다.

먹태와 함께 출근하고 매일 산책하고 잘 때도 늘 함께했다. 그게 어쩌면 나만의 태교법이었는지도 모르겠다.

•

초반 입덧 시기에는 많이 힘들었지만 인체와 인류의 신비를 몸소 느낄 수 있었다. 임산부는 뱃속의 아이를 위해 음식을 가려서 먹어야 하는데, 이를 위해 후각이 예민하게 발달하는 동시에 좋지 않은 음식에 대한 방어기제가 강하게 발동한다는 것이 정말 신기했다.

임신 중기를 지나며 내가 임산부인 사실을 새삼 깨달을 때 빼고는 로하가 뱃속에 있는 걸 자각하지 못할 만큼 자연스러울 때도 많았다. 그런데 태동이 느껴질 땐 확실히 달랐다. 처음 태동을 느꼈을 땐 뱃속에서 물고기가 지나가는 것처럼 꼬물거리는 느낌이었다. 그럼 나는 가끔 배를 쓰다듬으며 말하곤 했다. "로하야, 잘 지내고 있니?" 내 뱃속에서 생명체가 꼬물꼬물 자라고 있다니, 뱃속에서 무럭무럭 자라 언젠가 만나게 된다니. 태동이 느껴질 때면 이 모든 게 실감 나고 신기하기도 했다. 그렇게 오빠와 함께 로하에게 말을 걸기도 하고, 맛있는 걸 먹으면서 또 로하를 떠올리기도 하고, 로하에 대한 이야기를 주고받으면서, 나는 조금씩 엄마가 될 준비를 해나가고 있었다.

임신 기간 동안 줄곧 내 곁을 지켰던 먹태

힘내 주인!

정연

안녕 유준

로하를 가지기 전 혜주는 몇 번이나 신기한 꿈을 꿨다. 그 땐 의식하지 못했는데 지나고 나서 생각하니 분명 태몽이었던 것 같다. 한번은 호랑이 한 마리가 혜주 뒤를 어슬렁거리며 따라오던 꿈이었는데, 깨고 났을 때 그 기분이 너무 생생했다고 한다. 두 번째 태몽은 하와이에서 임신 테스트를 하기 전에 꿨다. 꿈속에서 혜주는 바닷가에 있었고 수평

선 너머로 무지개가 너무도 예쁘게 떠서 그걸 보며 행복해했다고 한다.

태몽은 혜주만 꾼 건 아니었을 수도 있다. 주변에서 거위 꿈을 꿨다거나 커다란 잉어 세 마리를 잡는 꿈을 꿨다며 혹시 좋은 소식 있는 거 아니냐고 묻고는 했으니 말이다. 그땐 임신이 아니었으니 우린 늘 그럴 리 없다며 손사래를 치곤 했다. 돌이켜보면 모두가 한마음으로 유준이의 탄생을 손꼽아 기다리고 있었던 모양이다.

•

유준이가 태어나기 전 혜주와 나는 로하의 이름을 어떻게 지어야 하나 고민이었다. 로하라는 멋진 태명이 있긴 했지만, 세상에 나와 가지고 살아가게 될 이름이 필요했다. 우리가 미리 생각해둔 이름 후보는 꽤 많았다. 이안이, 하늘이, 예성이, 그리고 유준이…….

평생 불릴 이름인데 딱 하나를 정하는 건 쉽지 않았지만 결국 유준이라는 이름이 승리했다. 물론 마지막까지 우리를 고민하게 만든 이름도 몇 있었지만, 조유준이 너무나 찰떡이었다.

유명 철학관에 가서 사주를 따져가며 작명을 해야 하는 건 아닌지 고민도 했지만 이름은 세상에 태어난 뒤 엄마 아빠가 주는 첫 선물이니까 우리만의 의미를 담고 싶었다. 지나고 보니 '조정연, 유혜주의 주니어'를 줄여 '조유준'이 된다고 생각하니 그것도 신기했다.

세상 모든 것에는 이름이 있다. 길가에 핀 꽃에도 나무에도. 우린 그 이름을 불러주고 어떤 이들은 불리는 이름대로 세상을 살아간다. 우리 부모님과 장인어른, 장모님이 우리의 이름을 지으면서 수없이 고민하고 기대했을 미래처럼 유준이도 엄마 아빠의 바람을 기억하며 이 세상을 살아갔으면 좋겠다. 그리고 유준이라는 이름은 우리가 준 첫 번째 선물이었다는 걸 잊지 않았으면 한다.

유준이가 태어나기 직전 워싱턴 비행 중에 본 오로라

혜주

나도
몰랐던
내 모습

임신은 정말 그동안 내가 경험해보지 못한 온갖 감정의 집합체였다. 원래 나는 식욕이 많지 않았다. 먹는 거에 대한 욕심이 거의 없는 편이었는데도 임신했을 땐 갑자기 밥이 너무 먹고 싶었다. 하지만 입덧을 시작하자 하루 종일 속이 울렁거려 그렇게 먹고 싶은 밥도 먹을 수가 없었고, 이 입덧이 평생 가면 어떡하나 하는 걱정을 꽤 오랫동안 해야만

했다.

우울한 기분은 자연스럽게 꼬리에 꼬리를 물고 이어졌다. 알 수 없는 억하심정과 감정의 소용돌이가 영원히 끝나지 않을 것만 같았다. 이런 게 산전 우울증이라는 건지 처음 알았다. 그 상황에서 오빠가 큰 힘이 됐다. 나의 짜증과 우울함을 털어놓으면 오빠는 진심으로 내 이야기를 듣고 위로하고 격려해주었다.

임신 중에 나는 평소라면 크게 섭섭하지 않았을 일에도 종종 억울함을 토로하기도 했다. "여보 진짜 이쁘다"라는 남편의 말에도 화가 났다. 자기 애정 표현은 스킨십이라더니, 옆에 누워 골프 영상만 보고 있으니 말이다. 그러니 이쁘다는 말은 립서비스가 분명했다!

임신 중에는 새로운 나를 계속 발견하게 된다. 내 인생을 지탱해주던 '이 또한 지나가리라'도 흔들릴 때가 있었다. 돌이켜보면 확실히 임신 중에 감정적으로 혼란스러운 시기를 지났던 것 같다. '겨우 이런 걸로 화를 낸다고? 난 원래 이렇게까지 속이 좁진 않잖아' 하며 말이다.

•

전쟁 같았던 입덧 시기가 끝나고 안정기에 접어들면서 감정의 변화도 조금씩 줄어갔다. 어쩌다 한 번씩 '내가 좋은 엄마가 될 수 있을까?', '로하를 건강하게 잘 낳을 수 있을까?' 하는 생각과 함께 찾아오는 걱정은 있었지만 스스로 견딜 수 있는 종류의 걱정이었다.

호르몬의 변화는 참 힘들기도 했지만 내가 겪었던 감정은 뱃속 아이를 지키기 위한 본능이 아니었을까 싶기도 하다. 우리는 임신과 출산의 과정이 얼마나 힘든지 정확히 배우지 못했다. 임신이나 출산 때문에 생기는 몸의 변화에 대해서는 더더욱 알지 못했다. 산모들은 몸소 고스란히 느끼고 경험한 뒤에야 그걸 깨닫는다.

엄마의 희생은 너무도 많이 있는 일이라 당연시되기도 하지만 충분히 대우받아야 한다는 걸 임신을 통해 비로소 배운 것 같다. 임신 초기에는 아이가 안전하게 자리를 잡을 수 있도록 모든 걸 조심했고 몸이 아파도 약도 함부로 먹을 수 없다. 배가 불러올수록 손발이 퉁퉁 붓고 편히 잠을 잘 수도 없다. 나도 몰랐던 무수히 많은 내 모습을 대면하고 받아들이는 모든 과정을 거쳐 산모들은 진짜 엄마가 된다. 이게 바로 세상의 모든 엄마들이 존경받아야 하는 이유 중 하나인 것 같다.

다사다난한 임신 기간

정연

입덧과 무기력함으로 지쳐가는 혜주를 보는 게 정말 힘들었다. 무기력해지니 잠이 많이 오고, 입덧이 심하니 제대로 먹지도 못하고, 이럴 땐 내가 뭘 해야 하나 수도 없이 생각했다.

임신 막바지에는 혈액순환이 되지 않아 혜주의 다리에 쥐가 많이 나기도 했다. 특히 잘 때 쥐가 나는 경우가 굉장히 많았는데, 혜주는 살면서 쥐가 나본 적이 없어 그 통증이 쥐라고 불리는 경련인 줄 몰랐다고 한다. 그럴 때마다 나는 자다가도 벌떡 일어나 운동선수들이 서로 쥐가 날 때 마사지를 해주듯이 혜주의 다리를 쭉 펴서 풀어주곤 했다.

•

유준이를 만나기까지는 예상하지 못한 문제가 또 있었다. 21주 차쯤 산부인과 정기검진을 갔는데, 유준이의 목덜미 투명대가 초음파상으로 살짝 부어 보인다는 것이었다. 의사 선생님은 맘가드 검사를 권유했다. 혹시 모르니 하는 검사라고 다독였지만 혜주는 이내 눈물을 흘리고 말았다.

나 역시 불안한 마음을 숨길 수 없었다. 다운증후군 검사는 채혈로 알 수 있고, 검사 결과가 나오기까지 2주의 시간이 걸리는데 그 2주 동안을 어떤 마음으로 보내게 될지가 너무 뻔했다. 혜주의 기분을 유준이도 느낄 테니 우리 모두에게 걱정스러운 시간이 될 것이었다. 나는 혹시나 해서 해본 검사이니 크게 걱정하지 않아도 될 거라며 혜주를 다독였다.

걱정할 이유가 없다고는 하지만 아이의 인생을 책임지는 부모로서 사소한 불안도 큰 걱정으로 다가오게 된다. 그렇다고 해도 걱정해서 달라지는 것은 없기에, 나는 2주간 혜주를 계속 안심시키려 노력했다. 혜주는 계속 걱정을 하고, 나는 뚝심 있게 계속 혜주를 안심시켰다.

1주 후, 검사 결과가 예상보다 일찍 나왔고 뱃속 아기에게 이상이 없다는 소식을 들을 수 있었다. 물론 출산 때까지 또 어떤 문제가 생길지 모르고 아이가 태어난 뒤에도 많은 문제가 일어날 수 있지만 우선은 검사상 아무 문제가 없다고 하니 얼마나 안심했는지 모른다.

생각해보면 그런 위기가 닥쳐올 때마다 혜주에게 내가 해줄 수 있는 건 응원과 위로뿐, 큰 도움이 되진 못했던 것 같다. 어쩌면 이것 역시 성격의 차이일 것이다. 내 생각에는 이때 이런 말을 해주면 좋아할 것 같아서 한 말이 혜주에게는 와닿지 않는 경우가 있었을 것이다. 대신 최대한 혜주를 살피려고 애쓰는 수밖에 없다. 혜주가 말하기 전에 알아서 챙겨주고, 표정을 보고 미리 움직이려 하는 것이다.

훗날 육아를 하며 느끼게 되었지만 사실 이것은 고생의 반도 안 됐던 것 같다. 무엇이 더 힘든지를 나눌 수 없더라도 뭐랄까, 육아는 차원이 다르게 힘들다. 유준이가 뱃속에 있을 땐 감정 표출이라도 할 수 있고 잠깐이지만 나만의 시간을 가질 수도 있었으니 그게 행복이었다는 것을 느끼게 된다. 아이가 태어나는 순간 많은 것이 달라진다. 나를 애타게 찾는 아이가 항상 기다리고 있고, 아이에게 함부로 힘듦을 토로할 수 없으니 말이다.

카페유주

혜주

유준이를 만나러 가는 길

출산 시기가 다가올수록 고민이 깊어졌다. 나는 자연분만을 하고 싶었는데 유준이가 역아라서 제왕절개를 고려해야 하는 상황이었다. 의사 선생님의 말로는 아이가 방향을 바꿔서 돌아서면 자연분만도 가능하다고 했으니 기다려보는 수밖에 없었다.

만약 자연분만을 하게 된다면 오빠와 함께 분만실에 들

어가고 싶었다. 이 때문에 더욱 출산 날짜를 맞추기 위해 많은 고민을 했다. 오빠와 함께 우리 아이를 보고 싶은 마음도 컸지만, 출산의 고통을 남편도 봐야 한다는 묘하게 괘씸한 마음도 있었다. 무엇보다 남편이 탯줄을 직접 잘라주면 좋겠다고 생각했다. 결국 그 바람은 이루어지지 못했지만 말이다.

•

출산 예정일을 약 2주 남겨두고, 오빠가 배우자 산전휴가를 낸 후 워싱턴으로 비행을 떠났다. 나름대로 날짜를 잘 계산해서 휴가를 냈는데 하필 오빠가 미국에 가 있는 동안 배가 뭉치는 느낌이 들고 잠을 설치기 시작했다. 새벽에 보니 이슬이 비쳤고, 바로 부산에 있는 어머니께 전화했더니 상황의 심각함을 느낀 어머니가 여동생 둘을 바로 올려 보냈다. 사실 그때까지만 해도 동생들도 나도 설마 곧바로 애가 나오겠어? 하며 대수롭지 않게 생각했던 것 같다.

어머니는 둘째 동생 현주에게 곧 아이가 나올 것 같으

니 빨리 가보라고 했다. 현주는 막상 내게 전화를 거니 내 반응이 무덤덤해서 큰일이 아니라고 생각했던 것 같다. 그래서 자기는 약속이 있으니 볼일이 끝나면 올라가겠다고 했다.

그러자 어머니가 바로 현주의 시어머니에게 전화를 걸어 동생에게 말 좀 해달라고 했단다. 역시 우리 어머니는 한 수 위다. 동생이 어머니 말보다 시어머니 말을 더 무서워한다는 걸 알고 있었던 거다. 결국 동생은 잡혀 있던 약속을 취소하고 넷째 여동생과 함께 나를 보러 부랴부랴 올라오게 됐다.

•

병원으로 향하기 전, 나는 계획되어 있던 일정들을 무탈히 마무리하고 동생들과 함께 병원에 가기 위해 싸둔 짐을 체크했다. 출산을 하면 수유를 해야 해서 아무거나 먹지 못한다고 들었기 때문에 최후의 만찬도 즐겼다. 기왕 먹을 거 닭발에 치킨을 시켜 맛있게 먹었다.

이후 틈틈이 병원에 전화해서 내 상황을 전달했다. 조금씩 통증이 강해지는 걸 느꼈지만 참을 수 있을 정도였다. 오늘은 집에서 자고 내일 아침에 다시 연락하겠다고 병원에 마지막으로 연락을 하고 잠에 들었는데 한밤중에 배가 너무 아파 잠에서 깼다. 식은땀을 흘리며 병원에 전화를 하니 병원으로 지금 오라는 답변이 돌아왔고 겨우겨우 동생들에게 의지해 병원에 도착했다. 진통 주기를 기록하는 어플이 있는데 나중에 보니 맛있게 닭발을 먹고 있을 때도 꽤 짧은 주기로 아픔을 느끼고 있었다.

병원에 도착한 뒤에 확인해보니 자궁 문이 2센티미터 정도 열린 상태라고 했다. 3~4센티미터 정도 열릴 때까지는 입원하지 않고 지켜보자는 선생님의 말에 나는 고개를 저으며 말했다. "아니에요, 지금 바로 입원시켜주세요."

그렇게 입원 후에 촉진제를 맞고, 자궁 문이 더 열린 후 무통 주사를 맞았다. 왜 무통 천국이라고 하는지 알 것 같았다. 진통 때문에 밤을 새운 나도 30분 정도 잘 수 있었다. 이후에 무통을 끄고 간호사 선생님과 수시로 힘주기 연습을 했다. 힘주는 연습을 잘 해둬야 유준이가 세상 밖으로 나오는 길이 편해진다고 했다. 너무 아팠지만 유준이를 보기 위해 참고 참았다. 드디어 오후 4시 52분, 유준이가 세상 밖으로 나왔다.

•

코로나 검사까지 받은 뒤 오전 11시쯤 입원 수속을 끝냈고, 오후 4시 52분에 유준이가 세상에 나왔으니 병원에서 출산까지 진통은 6시간쯤 된 것 같다. 하지만 계속 참다가 병원에 간 거였으니 그것보다 훨씬 더 오랜 시간 진통을 했는지도 모른다.

통증도 통증이지만 일단 입원한 후엔 물을 못 마시게 하니 입이 바짝 말라 힘들었다. 병원에선 긴급 상황이 생기면 제왕절개를 할 수도 있기에 당연한 처방이었을 텐데 왜 난 몰랐던 걸까. 물을 못 마실 줄 알았으면 닭발로 최후의 만찬을 즐겼을 때 실컷 물도 마시고 올걸. 결국 너무 목이 마르다는 내 말에 간호사님이 거즈에 물을 묻혀 입에 물려주셨는데 그게 무슨 쭈쭈바라도 되는 것처럼 통증을 느끼는 와중에도 쪽쪽 빨아먹었던 기억만은 잊을 수가 없다.

그때의 내 모습을 영상으로 다시 보면 나도 몰랐던 내 모습에 깜짝 놀란다. 솔직히 나는 늘 생리통을 잘 참아왔기에 몇십 배 아픈 정도겠지 생각했는데, 상상 이상의 고통이었다. 동생들이 찍어둔 영상을 보니 너무 아파하고 있었다. 출산할 때 하늘이 노래진다더니 제정신이 아니었던 모양이다. 그래도 그런 고통을 잘 견뎠기에 유준이가 건강하게 우리 품에 와 있다.

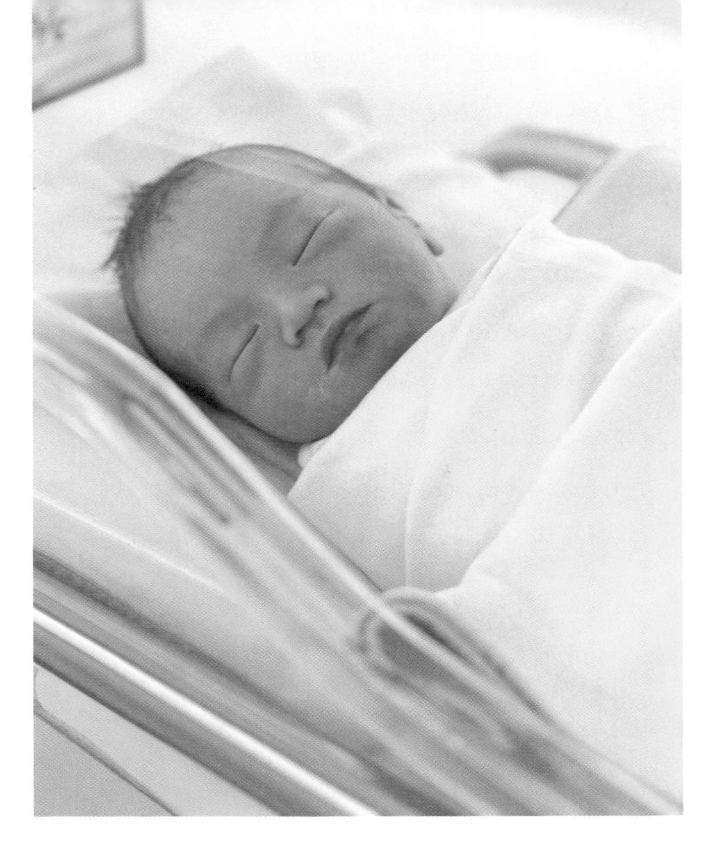

알로하, 유준

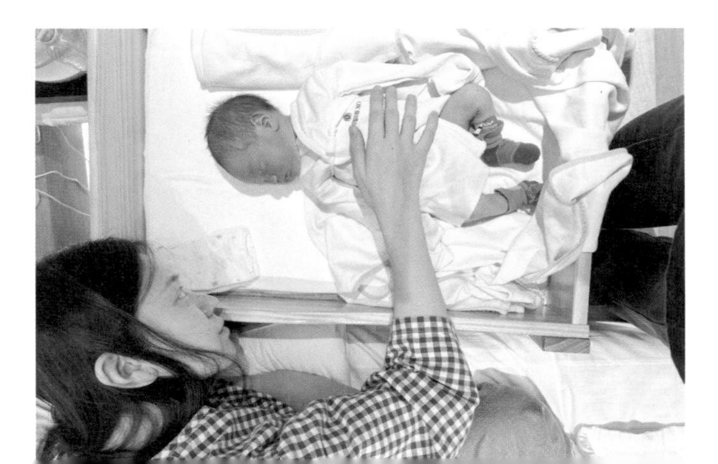

유준이를 만나러 가는 길

정연

출산을 앞두고 혜주와 내가 가장 많이 했던 고민 중 하나는 출산 방식이었다. 자연분만을 하게 되면 언제 유준이가 나올지 모르니 출산 날짜를 맞추기 쉽지 않았고 제왕절개를 하면 미리 날짜를 정할 수 있으니 내가 혜주 옆을 지킬 수 있는 확률이 높았다. 하지만 혜주는 로하가 역아임에도 불구하고 끝까지 자연분만을 하고 싶어 했다.

산모의 뜻이니까 그러자고는 했지만 출산 예정일이 다가올수록 혹시라도 비행 일정과 겹쳐서 혜주 옆에 있지 못하면 어쩌나 하는 두려움이 커져갔다. 결론적으로 얘기하자면 그렇게 걱정하고 대비했음에도 불구하고 끝내 나는 혜주 옆에 있어주지 못했다.

출산 3주 전, 워싱턴으로 가는 비행기에 올랐다. 그날 혜주가 곧 출산을 할 것 같아 이번 비행만 한 뒤에 배우자 출산휴가를 쓰겠다고 회사에 전달해둔 상태였는데 워싱턴에 가 있는 동안 유준이가 태어난 것이다.

워싱턴에 있을 때 혜주가 곧 출산할 것 같다는 연락을 받게 됐다. 진통으로 힘들어하는 혜주를 대신해 처제들과 실시간으로 상황을 공유했다. 유준이가 딱 하루만 늦게 나왔다면 내가 탯줄을 자를 수 있었을 텐데, 결국 녀석은 아빠를 하루도 기다리지 못하고 뭐가 그리 급했는지 일찍 세상으로 나오고 말았다.

•

유준이가 태어났다는 소식을 미국에서 들은 후 15시간을 날아 곧장 병원으로 향했다. 다른 어떤 것도 눈에 들어오지 않았다. 온통 혜주 생각뿐이었다. 병원에 도착해서 제일 먼저 눈에 들어온 것도 혜주였다. 혼자서 그 힘든 일을 견뎠다고 생각하니 마음이 미어져 나도 모르게 눈물부터 쏟아졌다. 아무리 힘들어도 아픈 내색 한번 하지 않던 혜주가 그렇게 아팠다고 말할 정도였으면 그 고통이 어느 정도였을까 싶어 더 마음이 쓰라렸다.

혜주는 아픈 티를 정말 내지 않는다. 어느 정도냐면 손가락을 크게 베이거나 멍이 든 정도로는 전혀 내색을 하지 않는다. 함께 운동할 때는 트레이너인 친구가 의아해할 정도였다. 그 정도로 운동했으면 진짜 아플 텐데, 그리고 아파해야 하는 게 정상인데, 혜주는 아프다는 말을 전혀 안 하니까 트레이너마저도 '정말 고통을 못 느끼는 무통 인간인가?' 하고 의심할 정도였다.

그런 혜주가 영상 속에서 너무도 괴로워하고 있었다. 혜주가 아프다고 하면 진짜 아픈 거다. 그게 너무 안쓰러워 눈물이 멈추지 않았다. 혜주는 오히려 내 눈물을 닦아주며 나를 꼭 안아줬다. 울지 말라고, 이제는 괜찮다고. 그렇게 말하며 혜주는 활짝 웃어 보였다.

이윽고 유준이가 눈에 들어왔다. 믿기지가 않았다. 우리 아들이라니. 뱃속에서 꼬물거리던 그 녀석. 어떻게 보면 혜주를 닮았고 어떻게 보면 나 같기도 한 오묘한 아이. 앞으로 어떤 아빠가 되어야 할지 많은 생각이 들 줄 알았는데 그런 생각은 들지 않았다. 주변의 아무것도 보이지 않고 유준이만 눈에 가득 찼다.

하루만 더 기다려주지 그랬어.

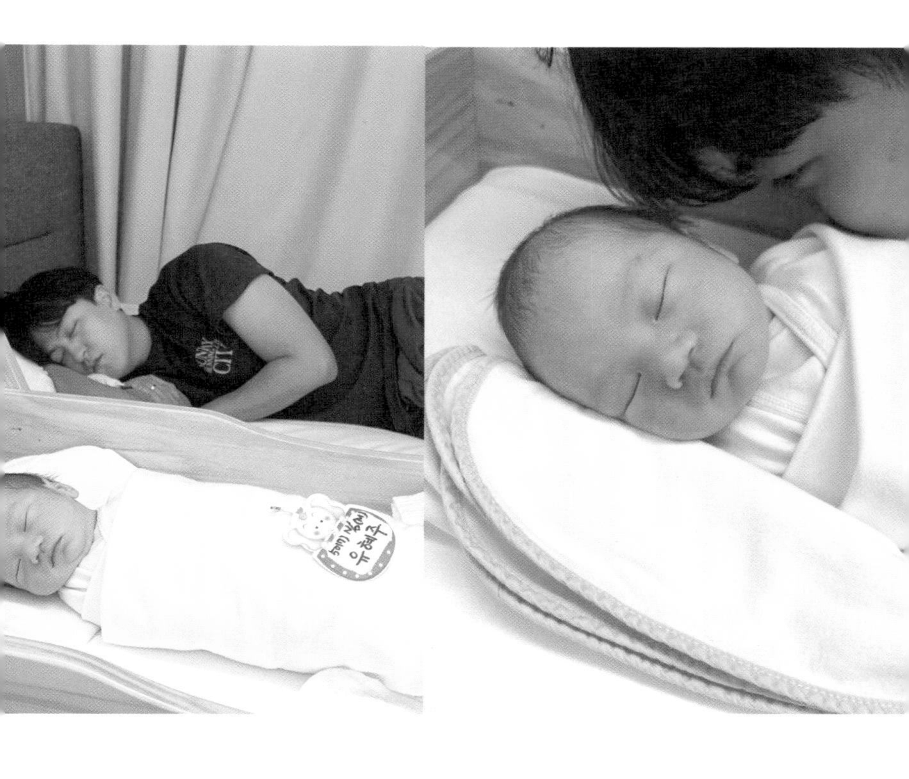

엄마가 이해돼

출산이 가까워질수록 유준이를 얼른 만나보고 싶었다. 뱃속에서 자꾸 꼬물거리는 게 엄마에게 하고 싶은 말이 많은 것 같았고, 배를 통통 찰 때는 자신의 존재를 빨리 드러내고 싶어 하는 것도 같았다. 첫째 아들은 엄마를 닮는다는데 실제로도 그럴지 너무도 궁금했다. 남들은 아니라고 해도 내 눈에만 예뻐 보일 수 있는 건지, 눈에 넣어도 아프지 않다는 기분을 실감할 수 있을지 모든 것이 다 호기심투성이였다. 그리고 나와 눈을 마주칠 그 순간 아기의 눈빛과 표정이 너무 궁금했다. 그런 유준이가 눈앞에 있다. 너무 귀엽고 사랑스러운 아이였다.

'얘가 진짜 우리 아이라고? 조정연이랑 완전 똑같이 생겼네.'

양수에 퉁퉁 불어 있었지만 오빠의 얼굴이 확실히 보였다. 어쩜 이렇게 아빠와 똑같이 생겼는지 신기할 정도였다. 이 작은 아이가 내 아들이라니!

그 순간 무엇보다 우리 어머니 생각이 많이 났다. 나는 유준이 하나 낳는 것도 이렇게 힘들고 벅찬데, 다섯 남매를 낳고 키운 어머니는 어땠을까? 내 어린 시절을 떠올려보면 아버지는 오 남매를 키우기 위해 항상 밤낮으로 나가서 일을 하셨고, 어머니 혼자 우리 다섯을 돌보셨다. 혼자서 다섯 명의 아이를 먹이고 씻기고 재우고 돌보는 일이 얼마나 힘들었을까? 어린 시절 나를 엄하게 다스렸던 어머니가 이제는 이해가 된다. 특히 첫째인 나에겐 늘 동생들을 챙기라는 잔소리를 할 수밖에 없었을 것 같다.

부모의 마음을 다 알 수는 없을 것이다. 어머니는 여전히 나보다 앞서 있으니 말이다. 그래도 유준이를 안고 나서야 나는 어머니의 한때를 조금이나마 이해할 수 있었다. 우리를 야단칠 때면 어머니 마음은 더 찢어졌을 것이다. 또 우리의 작은 애교 하나에도 얼마나 행복했을지 이젠 느낄 수 있을 것 같다. 분명 우리 어머니 아버지도 나와 같은 마음이었을 거란 걸 말이다. 그 마음을 유준이를 낳고 나서야 이해하는 걸 보면 나도 참 어쩔 수 없는 자식인가 보다.

나는 유준이에게 어떤 엄마가 될 수 있을까. 기왕이면 나무 같은 엄마가 되고 싶다. 우리 부모님이 그랬고, 오빠가 나에게 그런 존재인 것처럼, 나도 언제나 유준이 뒤에 묵묵히 서 있고 싶다. 언제나 같은 자리에 서서 지켜봐주고 응원해주는 사람이 있다는 건 너무나 든든한 일이라는 걸 알기에, 그 마음을 유준이도 나를 통해 느꼈으면 좋겠다. 그런 엄마가 될 수 있을까, 아직은 잘 모르겠다. 초보 엄마인 난 여전히 배우고 알아야 할 것이 너무 많으니까.

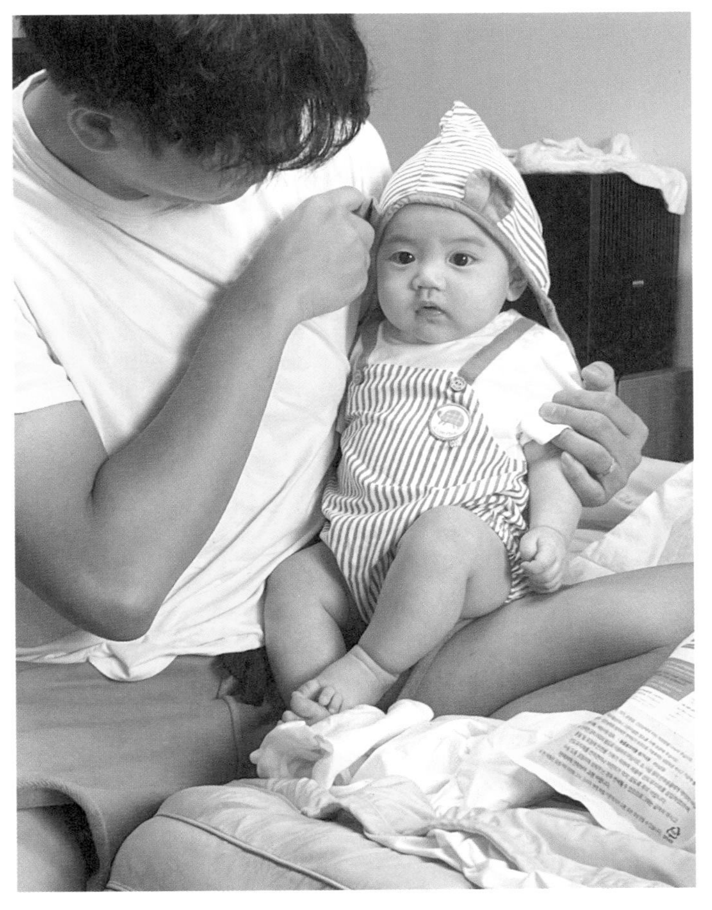

유준이는 조땡 붕어빵이다.

정연

새로운 시작

유준이와 혜주와 함께하는 브이로그가 감사하게도 많은 사랑을 받기 시작할 무렵, 나는 정든 회사를 떠나 홀로서기를 준비하고 있었다. 코로나19 때부터 유튜브 채널 활성화를 위해 직접 영상 편집을 하고 채널 관리와 운영, 영상 기획, 광고 수주, 편집자 구인 및 관리 등의 다양한 일을 도맡다 보니, 비행과 병행하는 것이 쉽지 않았다.

유준이가 태어나고 1년 동안은 육아휴직으로 버텼지만 복직을 하고 막상 비행을 해보니 도저히 시간이 나질 않았다. 해외에 가서도 늘 노트북으로 다음 영상을 준비하면서도 함께하는 동료들을 위해 비행 일도 소홀히 할 수는 없었다. 언젠간 승무원을 그만두어야지 수백 번 고민해왔지만 그 시기가 내 생각보다 빨리 다가오고 있었다. 10년 가까이 청춘을 함께한 회사이기에 그 끈을 놓는다는 것이 어떤 면에서는 내 청춘의 시간을 부정하는 것 같기도 했다.

회사는 어수룩했던 나를 점점 성장할 수 있게 도와준 든든한 버팀목이었다. 그 속에서 만난 따뜻한 동료들과 수많은 승객과 함께 전 세계를 여행하며 나만의 세계관을 확장해왔다. 천천히 사진첩을 돌아보면 비행과 여행의 중간쯤에 서 있는 나의 모습은 늘 행복한 미소를 짓고 있었다. 그만큼 매력적인 직업이라 마지막까지도 고민에 고민을 거듭했다.

그런데 나와 우리 가족의 미래를 그려보았을 때, 더욱 큰 꿈을 꿀 수 있는 쪽에 마음이 가게 되었고 그 길로 퇴사를 결정하게 되었다.

정든 직장을 떠나며 언젠가 유니폼을 입은 내 모습이 그리워질 날도 있겠지만, 이제 승무원으로서의 마침표를 찍고 유준이와 혜주와 또 다른 이야기들을 채워나가게 될 것이다.

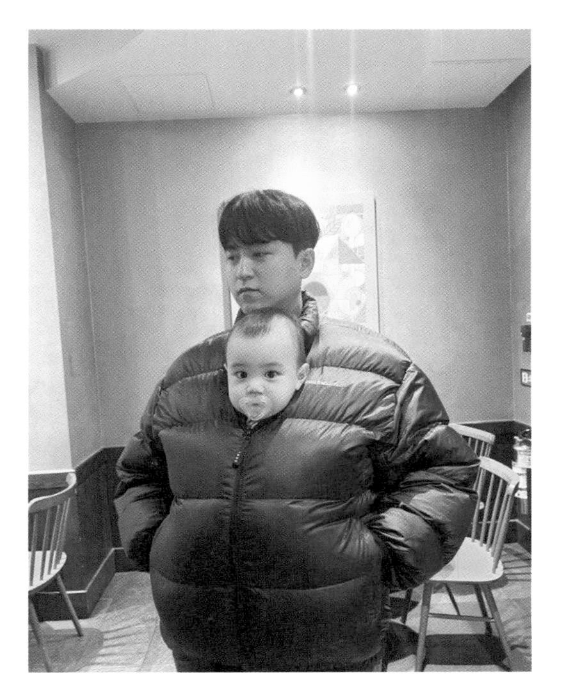

정든 유니폼과는 이제 이별이다.

혜주

계속
새로운 나를
만나고 있어

유준이를 키우면서 가치관이 꽤 변한 것 같다. 어릴 땐 '내가 되고 싶은 사람이 되어야지', '하고 싶은 거 하고 즐기면서 살아야지'가 인생의 목표 중 하나였고 제일 중요한 것 역시 나 자신이었다. 무난한 삶을 살고, 큰 어려운 없이 지내는 삶이 행복이라고 생각했다.

물론 지금도 그러한 목표를 배제할 순 없지만 유준이가

태어나고 난 후 내 가치관에 가장 큰 영향을 미치고 있는 건 '이 아이를 위해 어떻게 살아가면 될까?' 하는 끊임없는 물음이다.

유준이와 함께하는 것은 즐겁지만 단순히 즐겁고 예쁘게만 아이를 대하는 것이 육아의 전부는 아니다. 나는 이 아이를 건강한 인격체로 성장할 수 있도록 책임져야 한다. 그만큼 나도 멋진 어른이 되어야 한다는 욕심이 생겼다. 유준이와 하루하루 더 의미 있는 삶을 보내고 싶다는 꿈을 꾸게 됐다.

예전엔 '삶의 의미? 그런 게 어딨어. 그냥 잘 먹고 잘 살면 되는 거지'라고 생각하며 내가 마음 가는 대로 만족감을 느끼려 했다면 이제는 깊고 단단한 생각을 기반으로 움직이게 된다. 어떻게 보면 유준이 덕분에 우리 부부의 대화도 더 잘되고 있다고 느낀다. 우리 삶의 목표는 어느새 같은 방향을 보고 있고 그 목표를 이뤄나가기 위해 더 깊이 생각하고 대화하게 된 것 같다.

•

나는 시간이 날 때마다 새벽기도를 간다. 기도를 한다고 하면 이런저런 소원을 빈다고 생각할 수도 있겠지만, 나의 기도는 하나님과의 대화라고 할 수 있다. 처음 교회에 갔을 땐 기도를 어떻게 하는 건지도 잘 몰랐다. 그때 목사님이 해준 말이 기억난다. 기도는 있는 그대로 나의 마음을 이야기하면 된다고.

힘들어도 말하지 않고 속으로 삼키던 시절에 내 마음을 마음껏 말해도 된다는 목사님의 말이 힘이 됐다. 유난히 힘들었던 날에는 '하나님! 이런 것들이 힘들었어요. 저 이거 너무 하기 싫어요. 너무 화가 나요.' 이런 식으로 내 속마음을 터놓기도 했고, '저 그 일이 너무 하고 싶은데 어떻게 해나가야 될지 모르겠어요. 도와주세요.' 이런 기도도 하게 됐다. 그렇게 말을 하다 보면 화나고 힘들었던 내 마음이 정리가 되기도 하고, 내 마음을 하나둘 꺼내보면서 내가 무엇에 흔들리고 있고, 내가 정말 바라는 게 뭔지도 깨달을 수 있었다.

요즘 난 내가 사랑하는 사람들과 유준이에 대한 기도를 한다. 유준이가 더 바른 아이로 성장할 수 있기를, 우리가 유준이를 지켜주고 채워줄 수 있길 바란다. 거창한 기도가 아니더라도 내 마음을 되짚어보고 나를 돌아보는 그 시간과 조용한 공기가 좋다.

언제 어디서든 열심히 기도하는 혜주다.

사랑의 크기

정연

연애 때 나는 혜주가 활짝 웃는 사진을 넘겨보며 잠에 들곤 했다. 물론 요즘도 그렇지만 거기에 유준이의 사진이 더해졌다. 새근새근 잠든 유준이를 바라보는 시간도 소중하고, 오늘 찍은 유준이의 사진과 영상을 넘겨볼 때면 그렇게 행복해질 수가 없다. 내 얼굴엔 미소가 떠나질 않고, 유준이의 사랑스러운 모습이 잘 담긴 날엔 혜주에게도 빨리 보여주고 싶어 호들갑을 떨기도 한다. 유준이는 울다가도 우리가 안아주면 빵긋 웃으며 사랑을 표현하고, 혜주와 내가 좀 더 괜찮은 부모가 되리라 다짐하도록 해준다.

어쩌면 사랑은 우리가 주는 게 아니라, 유준이가 우리에게 주는 사랑을 잘 받아 우리가 다시 유준이와 다른 사람들에게 나눠주고 있는 건 아닐까. 유준이가 준 사랑 덕분에 나는 더 괜찮은 아빠이자 괜찮은 사람이 되어가고 있다.

•

유준이가 태어나면서 나는 아버지를 많이 떠올렸던 것 같다. 내가 유준이 나이 때 아버지는 나를 어떤 마음으로 바라봤을까 늘 궁금했는데 그 마음을 어렴풋이나마 짐작할 수 있을 것 같다. 과연 내가 아버지보다 더 좋은 아버지가 될 수 있을까. 아직 갈 길이 멀다. 부단히 노력해야겠다.

유준이가 자신이 가진 사랑을 다른 사람들에게 베풀 수 있는 사람이 되면 좋겠다. 그래서 더 많이 사랑해주고, 사랑이 많은 아이로 키우고 싶다. 보편적으로 아이를 조건

없이 사랑하는 것은 부모라고 하지만 사실 더 맹목적인 사랑을 주고 있는 것은 혜주와 내가 아니라 유준이일지도 모른다. 나와 혜주에겐 유준이 외에도 해야 할 많은 일이 있고 신경 써야 할 문제들이 있기 때문에 온전히 모든 사랑을 유준이에게만 주고 있다고 말할 수 없다. 하지만 유준이는 언제나 나와 혜주를 바라보고 있다. 지금 유준이가 바라보는 세상에는 엄마 아빠가 전부이고 미숙한 표현과 옹알이로 자신이 가진 모든 사랑을 우리에게 표현하고 있다. 무조건적인 사랑을 주는 건 어쩌면 부모가 아니라 아이들이 아닐까.

MIGNON

미끄럼 주의
MIGNON

Chapter 3

우리는 서로에게 처음이었다

초보 셋이 모이다

혜주

유준이를 생각하면 미안한 일이 참 많다. 신생아 때는 유준이가 배앓이를 심하게 했었는데 그게 배앓이인지 몰랐다. 분유가 안 맞거나 소화가 잘 안되면 아기는 배앓이를 하고, 그 고통이 아기들이 느끼기엔 엄청 아프다고 하는데 그걸 몰랐다.

유준이는 밤낮을 가리지 않고 자지러지게 울며 힘들어

했다. 기저귀도 제대로 갈아주고 좋아하는 젖병을 입에 물려봤지만 유준이의 울음을 그치게 하진 못했다. 그러는 동안 유준이는 열 시간이 넘게 울다 지쳐 잠들고, 다시 아파서 깨서 자지러지는 울음소리로 자신이 왜 이런지 좀 알아달라고 아우성쳤다.

우리 셋은 잠을 제대로 잘 수 없어서 기진맥진한 상태였다. 나는 오빠를 잠깐 눈이라도 붙이라고 거실로 내보내고 유준이를 바라보며 정말 간절한 마음으로 이야기했다.

"유준아, 도대체 뭐가 문제인 거야? 아파서 그래? 왜 울기만 하는 건데? 이유라도 좀 알려줘. 엄마도 좀 살자, 응?"

한참 지나고 나서야 그게 배앓이였다는 것을 알게 된 나는 대답도 못 하는 유준이에게 신세 한탄을 한 것이 너무 미안했다. 분명 조리원에서 배앓이 교육을 받았었는데 왜 그걸 알아채지 못했을까? 신생아는 소화기관이 약해서 모유나 분유 속의 유당을 제대로 소화하지 못하게 되면 배에 가스가 차면서 배가 아플 수 있다. 이미 다 알고 있었던 건데 막상 실제 상황에 처하니 아무것도 모르는 헛똑똑이가 되었던 것이다.

유준이가 우는 이유를 모르는 우리는 우리대로 막막했고 답답했다. 유준이에 대한 걱정과 울음소리 때문에 함께 잠을 못 자니 오빠와 내 얼굴에도 어느새 다크서클이 내려앉았고, 이러다 내가 먼저 죽겠다는 생각이 들었다.

유준이의 울음이 그칠 줄 몰랐던 그날, 보통 밤에는 부부가 교대로 유준이 방 바닥에서 잠을 잤는데 그날은 내가 아기방에서 유준이를 밤새 돌보게 되었다. 유준이가 잠들었을 때 나도 너무 피곤했기에 아래에 누워 있다가 깜빡 잠에 들어버렸다.

얼마간의 시간이 지났는지 모르지만 다급히 달려온 오빠가 깨우는 통에 놀라서 벌떡 일어났는데 일어나서 보니 유준이가 세상이 떠나가라 울고 있었다. 아무리 피곤했어도 유준이의 우는 소리를 듣지도 못하고 잠에서 깨지 못한 것에 스스로에게 많이 실망했던 것 같다.

나는 그게 두고두고 너무 미안하다. 원래 나는 잠귀가 밝아서 살짝만 건드려도 금방 깨는데, 어떻게 그런 울음소리를 못 듣고 잠만 자고 있었는지 자책하고 또 자책했다. 육체적인 힘듦과 함께 정신적인 충격까지 더해져 어쩌면 유준이를 키우면서 찾아온 가장 큰 위기 중 하나가 아니었나 싶다.

흔히 육아를 극한 체험이라고 한다. 하지만 이 말뜻은 경험해보지 않으면 이해할 수 없다. 신생아 때는 부부가 두 시간마다 번갈아가며 봐도 손이 모자란다. 그렇다고 해서 내가 아이를 보지 않는 두 시간 동안 온전한 자유를 누리는 것도 아니다. 유준이를 보지 않는 시간엔 젖병을 씻어야 하고, 집 청소도 해야 하고, 먹태와 산책도 하고, 밀린 빨래에 유준이에게 필요한 것들을 체크해서 미리 준비하는 건 물론, 오빠도 나도 각자의 일까지 해내야 하는 상황이라 가장 힘든 시기였다.

유준이가 우리의 마음을 이해하고 배려해준다면 더할 나위 없이 좋겠지만 아기가 무엇을 알까. 상황은 언제나 기대만큼 흘러가지 않는 법이고, 무엇보다 서로 무엇을 원하는지 알아차릴 수 없어 답답할 때가 많다.

•

유준이가 태어난 지 일주일 만에 대학병원에 입원을 한 적이 있다. 나는 당시 조리원에 있었는데 유준이의 몸에 이상 소견이 있어 정밀검사를 받아보기로 했다. 외래진료에서도 상급병원으로 가보아야 할 것 같다고 해서 대학병원에 가게 되었는데 신생아 중환자실에 입원까지 하게 됐다. 유준이가 잘못되는 건 아닐까 자꾸만 눈물이 났다. 그 어린 아기가 신생아 중환자실에서 수많은 검사를 감당해내는 걸 지켜보는 건 너무 힘들었다.

일주일에 정해진 요일마다 병원에서 유준이 사진을 보내 왔다. 인큐베이터 안에서 산소호흡기와 여러 장치들을 붙이고 누워있는 유준이는 웃고 있었는데 그게 더 마음이 아팠다. 하루에 한 번씩 모유를 신생아 중환자실에 전달할 수 있었는데 나는 열심히 유축을 하고, 오빠는 외출증을 끊고 하루에 한 번씩 유준이에게 다녀왔다.

오빠와 나는 매일 눈물을 주룩주룩 흘리며 이야기했다. 누군가 몇백억이 넘는 돈을 준다고 해도 다 필요 없으니까 우리 유준이가 안 아팠으면 좋겠다고. 그 마음은 지금도 그때와 마찬가지다. 유준이를 가만 보고 있으면 힘든 마음이

씻은 듯 사라진다. 다행히 유준이는 일주일 정도 후에 큰 문제 없이 퇴원할 수 있었지만 그때만 생각하면 아찔하다. 우리는 "아프지 말고 건강하게만 자라다오"라는 말이 얼마나 무거운 말인지 알게 됐다.

먹태도 아기는 처음이라

강아지들은 뱃속에 있는 아기의 존재를 안다고 하는데, 먹태도 유준이가 혜주의 뱃속에 있는 걸 알고 있었던 것 같다. 임신 후엔 늘 혜주 곁에 꼭 붙어 있었고 전보다 더 얌전하게 혜주 곁을 지켰다. 유준이가 태어난 후 집에 처음 온 유준이를 본 먹태는 호기심에 가득 차서 궁금해했다. '얘는 누구지? 누구길래 우리 집에 온 거야?' 하는 표정이었던 것

서가명강

서울대 가지 않아도 들을 수 있는 명강의

01 **나는 매주 시체를 보러 간다** 법의학교실 유성호
02 **크로스 사이언스** 생명과학부 홍성욱
03 **이토록 아름다운 수학이라면** 수학교육과 최영기
04 **다시 태어난다면, 한국에서 살겠습니까** 사회학과 이재열
05 **왜 칸트인가** 철학과 김상환
06 **세상을 읽는 새로운 언어, 빅데이터** 산업공학과 조성준
07 **어둠을 뚫고 시가 내게로 왔다** 서어서문학과 김현균
08 **한국 정치의 결정적 순간들** 정치외교학부 강원택
09 **우리는 모두 별에서 왔다** 물리천문학부 윤성철
10 **우리에게는 헌법이 있다** 법학전문대학원 이효원
11 **위기의 지구, 물러설 곳 없는 인간** 지구환경과학부 남성현
12 **삼국시대, 진실과 반전의 역사** 국사학과 권오영
13 **불온한 것들의 미학** 미학과 이해완
14 **메이지유신을 설계한 최후의 사무라이들** 동양사학과 박훈
15 **이토록 매혹적인 고전이라면** 독어독문학과 홍진호
16 **1780년, 열하로 간 정조의 사신들** 동양사학과 구범진
17 **건축, 모두의 미래를 짓다** 건축학과 명예교수 김광현
18 **사는 게 고통일 때, 쇼펜하우어** 철학과 박찬국
19 **음악이 멈춘 순간 진짜 음악이 시작된다** 작곡과 오희숙
20 **그들은 로마를 만들었고, 로마는 역사가 되었다** 역사교육과 김덕수
21 **뇌를 읽다, 마음을 읽다** 정신건강의학과 권준수
22 **AI는 차별을 인간에게서 배운다** 법학전문대학원 고학수
23 **기업은 누구의 것인가** 경영대학 이관휘
24 **참을 수 없이 불안할 때, 에리히 프롬** 철학과 박찬국
25 **기억하는 뇌, 망각하는 뇌** 뇌인지과학과 이인아
26 **지속 불가능 대한민국** 행정대학원 박상인
27 **SF, 시대 정신이 되다** 영어영문학과 이동신
28 **우리는 왜 타인의 욕망을 욕망하는가** 인류학과 이현정
29 **마지막 생존 코드, 디지털 트랜스포메이션** 경영대학 유병준
30 **저, 감정적인 사람입니다** 교육학과 신종호
31 **우리는 여전히 공룡시대에 산다** 지구환경과학부 이융남
32 **내 삶에 예술을 들일 때, 니체** 철학과 박찬국
33 **동물이 만드는 지구 절반의 세계** 수의학과 장구
34 **6번째 대멸종 시그널, 식량 전쟁** 농업생명과학대학 특임교수 남재철
35 **매우 작은 세계에서 발견한 뜻밖의 생물학** 생명과학부 이준호
36 **지배의 법칙** 법학전문대학원 이재민
37 **우리는 지구에 홀로 존재하지 않는다** 수의학과 천명선
38 **왜 늙을까, 왜 병들까, 왜 죽을까** 생명과학부 이현숙

• 서가명강 시리즈는 계속 출간됩니다.

김형석, 백 년의 지혜 : 105세 철학자가 전하는 세기의 인생론

김형석 지음 | 값 22,000원

시대의 은사 김형석이 시대의 청춘에게 바치는 이야기

이 시대 최후의 지성이라 불리는 김형석 교수는 이 책에서 일상이 바빠 대중이 잊어버린 사랑과 자유, 평화에 대한 본질과 해답, 다가올 미래를 위해 후손에게 전해줘야 할 정의, 일제강점기와 이념 갈등을 겪는 한국인에게 다정한 일침을 전해준다.

행복의 기원

서은국 지음 | 값 22,000원

인간은 행복하기 위해 사는 게 아니라, 살기 위해 행복을 느낀다

"이 시대 최고의 행복 심리학자가 다윈을 만났다!" 심리학 분야의 문제적 베스트셀러 『행복의 기원』 출간 10주년 기념 개정판. 뇌 속에 설계된 행복의 진실. 진화생물학으로 추적하는 인간 행복의 기원.

당신의 불안은 죄가 없다

웬디 스즈키 지음 | 안젤라 센 옮김 | 값 19,800원

걱정 많고 불안한 당신을 위한 뇌과학 처방전 "불안은 변화를 만들어 내려는 움직임이다!"

불안을 삶을 방해하는 '부정적'인 것이 아닌 삶의 동력이 되는 '긍정적'인 것으로 바라보게 해주는 책! 저자는 '뇌'의 관점에서 자신이 불안과 맺는 관계를 변화시킨 사례와 함께 불안이 주는 여섯 가지 선물을 통해 더 나은 내가 되는 방법, 그리고 나를 지키는 좋은 불안 사용법까지 구체적으로 불안을 다루는 방법을 제시한다.

평균의 종말 다크호스 집단 착각

토드 로즈 지음 | 정미나, 노정태 옮김 | 각 값 20,000원 / 24,000원

하버드대학 교수 '토드 로즈' 3부작! 뿌리 깊이 박혀 있는 편견과 착각에서 벗어나게 하는 책!

아이를 무너트리는 말, 아이를 일으켜 세우는 말

고도칸 지음 | 한귀숙 옮김, 이은경 감수 | 값 19,000원

'슬기로운초등생활' 부모교육전문가 이은경 추천!
상처 받기 쉬운 아이의 마음을 지키는 대화법 70가지

이 책은 소아청소년 정신건강의학과 전문간호사인 저자가 병동에 찾아온 아이들의 다양한 케이스를 보면서, 부모들이 아이의 마음을 무너트리기보다는 아이의 마음을 일으켜 세워 주는 대화와 행동을 해 주었으면 하는 바람을 담아 70가지 대화법으로 소개한다.

이런 진로는 처음이야

이찬 지음 | 값 17,800원

서울대 '진로와 직업' 교육 전문가 이찬 교수의
잘나가는 요즘 10대를 위한 서울대 진로 특강

'하고 싶은 일이 없는데 어떡하지?', '어른들이 시키는 공부만 따라 하면 되는 걸까?' 좋아하는 일이 없어서 고민하는 걱정 많은 10대. 게임처럼 주어진 진로 퀘스트를 하나씩 깨다 보면 자연스럽게 나도 몰랐던 내 모습을 발견하고, 내 가슴을 뛰게 만드는 직업과 그에 맞는 공부까지 주도적으로 찾을 수 있을 것이다.

힘들어? 그래도 해야지 어떡해

아찔 ARTZZIL(곽유미, 김우리, 도경아) 지음 | 값 19,800원

K-직장인이라면 200% 공감!
팩폭과 위로를 넘나드는 아찔 에세이

"행복해서 웃는 게 아니고, 웃어서 행복한 거다!" 입꼬리는 올라가고 마음은 한결 가벼워지는 87컷의 재밌는 그림과 에피소드를 담았다. 누구나 겪는 스트레스와 혼란스러운 감정을 여과 없이 그려내면서, 자신의 감정을 솔직하게 바라보고 고민을 털어버릴 수 있게 도와준다.

고층 입원실의 갱스터 할머니

양유진(빵먹다살찐떡) 지음 | 값 18,800원

100만 크리에이터 빵먹다살찐떡 첫 에세이
처음 고백하는 난치병 '루푸스' 투병

누군가의 오랜 아픔을 마주하는 일이 이토록 환하고 유쾌할 수 있을까? 수많은 이들에게 다정한 웃음을 선사한 크리에이터 '빵먹다살찐떡'이 지금까지 숨겨두었던 난치병 투병을 고백한다. 진솔하고 담백한 문장 속에, 생사의 갈림길마다 씩씩하게 웃을 수 있었던 섬세하고 유쾌한 긍정의 힘이 그대로 담겨 있다.

블랙워터 레인 브링 미 백

B. A. 패리스 지음 | 각 이수영, 황금진 옮김 | 값 18,800원

심리스릴러의 여왕 B. A. 패리스!
민카 켈리 주연 영화 〈블랙워터 레인〉 원작!
모든 것을 의심하게 만드는
압도적 반전 스릴러

아름다운 세상이여, 그대는 어디에

샐리 루니 지음, 김희용 옮김 | 값 19,800원

"당신은 나에 대해 다 아는데,
나는 당신에 대해 아무것도 몰라."

전 세계 100만 부 판매 『노멀 피플』 샐리 루니의 최신작.
출간 즉시 《뉴욕타임스》·《선데이타임스》 베스트셀러 1위!
망가진 세상에서 어른이 되어 버린 그들이 선택한 사랑

후린의 아이들, 베렌과 루시엔, 곤돌린의 몰락

J.R.R. 톨킨 지음 | 크리스토퍼 톨킨 엮음 |
김보원 · 김번 옮김 | 각 값 39,800원

J.R.R. 톨킨 레젠다리움 세계관의 기원,
크리스토퍼 톨킨 40년 집념의 결실!
가운데땅의 위대한 이야기들

반지의 제왕
– 출간 70주년 기념 비기너 에디션

J.R.R. 톨킨 지음 | 김보원, 김번, 이미애 옮김 |
값 154,000원

가운데땅 첫 걸음을 위한
가장 완벽한 길잡이.
인생에서 꼭 한 번은 읽어야 할
영원한 판타지 걸작.

같다. 먹태는 혜주와 나를 번갈아 멀뚱멀뚱 쳐다보고, 유준이의 냄새를 계속 맡으려 했다. 계속 탐색하던 먹태는 이내 직감했던 것 같다. '아! 이제 같이 살아야 하는 가족이구나. 내가 지켜줘야겠다.'

우리는 먹태가 혹시 질투를 하거나 상대적인 박탈감 때문에 유준이를 물거나 미워하면 어쩌나 고민하기도 했다. 하지만 다행히도 유준이와 먹태는 둘도 없는 친구가 된 것 같다. 그래도 종종 먹태가 안쓰러웠다. 예전엔 없던 시무룩한 모습이 보이면 혜주와 나는 마음이 아팠다. 생각해보면 먹태도 유준이보다 겨우 1년 정도 먼저 태어났으니 아직 아기인데, 갑자기 엄마 아빠의 손길이 전보다 멀어졌으니 섭섭하고 허탈했을지도 모르겠다. 혜주와 나의 사랑을 독차지하다가 어느 순간 2순위로 밀려났으니 말이다.

•

강아지들은 태어나 1년이 지나면 조금씩 성견처럼 행동한다고 한다. 그 시기와 맞물려서일까? 처음 우리 집에 왔을 때 보였던 발랄하고 개구졌던 먹태의 모습은 조금씩 사라지고, 혼자 의젓하게 있는 시간들이 많아졌다. 아마 체념하고 받아들인 것도 있을 것이다. 먹태가 체념하는 데에는 얼마간의 시간이 필요했는데, 그동안 우리는 영 마음이 좋지 않았다. 유준이가 아주 아기일 때는 유준이 방에 가드를 쳐 놓고 먹태가 못 들어가게 막아두었는데, 먹태가 짖거나 낑낑거려서 유준이가 깨기도 하니 어떨 때는 방문을 아예 닫아두기도 했다. 그러면 먹태는 방문 앞에 납작하게 엎드려서 조용히 기다리곤 했다. 그 모습을 보면 계속 미안한 마음이 들었다.

하지만 분명한 건 유준이도 먹태를 너무 좋아한다는 거다. 먹태와 산책을 나갔다가 돌아오면 유준이는 엄마 아빠가 아닌 먹태를 먼저 반긴다. '멈머멈머' 하며 먹태를 향해 달려온다. 아침에 일어났을 때도 방 안에 들어온 먹태를 보며 제일 먼저 '멈머'라고 인사를 나누고, 일어나기 싫어서 칭얼대다가도 먹태만 보면 벌떡 일어난다. 먹태를 향한 유준이의 관심과 사랑이 넘칠 때도 있다. 나름대로 좋아한다는 표현일 텐데, 털을 꽉 쥐어서 먹태를 힘들게 한다거나 안아주려고 껴안다가 먹태를 깔아뭉갤 때도 있다. 그럴 때는 먹태가 유준이를 슬금슬금 피해 다닌다. 그럼 또 유준이는 먹태를 졸졸 따라다니며 같이 놀자고 매달린다.

이 관계가 뒤바뀔 때도 있다. 유준이가 까까를 들고 있을 때다. 유준이가 까까를 들고 있으면 먹태는 유준이에게 매달리고 그럼 유준이는 "꺄아아악!" 소리를 지르며 도망간다. 그러다 안 되겠다 싶으면 한 손에 들고 있던 까까를 먹태에게 던져주고 도망가버린다. 유준이도 곧 알게 되지 않을까? 먹을 때만 먹태가 자신을 따라온다는 사실을.

요즘 우리는 두 아이들의 재롱을 지켜보는 게 너무 행복하다. 특히 엄마 아빠 찾지 않고 둘이서만 평화로운 시간을 보낼 때면 우리에게도 잠시 여유가 주어질 때가 있다. 먹태와 유준이는 형제처럼 많은 것을 공유하고 의지하며 함께 성장해나갈 것이다. 우린 그 모습을 지켜보며 응원해주고, 아낌없는 사랑을 건네주면 된다.

어쩌면 견생 최대의 위기였을지도

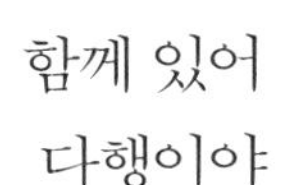

유준이가 태어나기 1년 전 즈음 우리는 먹태를 먼저 만나게 되었다. 사실 나는 강아지를 엄청 좋아하는 편은 아니었다. 동물들과 함께 있기보다 혼자 있는 게 더 좋은 어린 시절을 보냈지만, 결혼 후에는 상황이 달라졌다. 가족들과 친구들이 있는 부산을 떠나 인천에서 신혼생활을 할 때였는데, 오빠가 비행을 떠나고 나면 집에 혼자 있는 시간이 외

롭게 느껴졌다. 그럴 때면 종종 친구 집에 놀러 가서 적적한 마음을 달래곤 했다.

친구 집엔 몽글이라는 강아지가 있었는데 친구와 서로 믿고 의지하는 모습이 참 예뻐 보였다. 몽글이 역시 나에게 마음을 내주어 가깝게 지내다 보니 조금씩 반려견과 함께하는 미래를 생각하게 되었다. 물론 무작정 데려오고 싶다고 데려올 수 있는 건 아니었다. 오빠와 생각이 하나로 모이지 않았다. 어쨌든 오빠는 우리 둘 다 너무 바쁜데 어떻게 강아지를 책임질 수 있겠냐며, 반려견을 키운다는 건 하나의 생명체를 우리가 끝까지 책임져야 하는 거고, 그 책임에는 희생과 노력이 따른다며 반대했다.

그럼에도 오랜 고민 끝에 먹태는 결국 우리 집에 오게 되었고 사랑하는 가족이 되었다. 강아지를 돌보는 것에도 정말 큰 책임이 수반된다는 사실을 먹태와 함께하며 몸소 이해할 수 있었다. 아기 강아지에게는 배변부터 시작해서 산책까지, 사람의 세상에 적응하고 살아가기 위해 배워야 할 것이 많았다. 물론 쉬운 과정은 아니었다. 당연히도 우리는 소통하는 방식이 다르니까.

꼬물꼬물 아기 먹태는 이제 어엿하고 듬직한 성견이 되었다. 그 시간을 지나면서 나는 때로는 말이 통하지 않아도, 종이 다르더라도 서로를 향한 헌신과 신뢰가 얼마나 단단하게 유지될 수 있는지를 깨달았던 것 같다.

•

요즘 먹태는 엄마 아빠와 언제 시간을 보낼 수 있는지를 잘 알고 있는 것 같다. 밤 9시쯤이 되면 유준이가 잠든다는 걸, 그러면 엄마 아빠의 시간이 오롯이 먹태의 것이라고 생각하는 것 같다. 그래서인지 먹태는 밤이 되면 우리에게 다가와 한껏 애교를 부린다. 강아지는 어찌 보면 내가 해주는 만큼 반응을 해줄 때가 많다. 먹태는 그런 면에서 참 효자다. 사람 아기는 아무리 잘해줘도 예상하지 못한 데에서 울음을 터트린다. 애 육아와 개 육아를 놓고 보자면 확실히 애 육아가 더 힘들다. 어느 날에는 오빠가 먹태를 끌어안고 말했다. “먹태야, 나는 네가 제일 좋다. 우리 먹태가 제일 착해.”

훗날에는 유준이가 먹태를 산책시키고 함께 운동장에서 뛰어놀기도 하겠지. 물론 지금도 둘을 모두 데리고 종종 산책을 나가기도 한다. 하지만 완전 따로국밥이다. 먹태는 먹태대로 공원 곳곳 냄새 맡느라 정신없고, 유준이는 유준이대로 자기 앞에 펼쳐진 새로운 풍경을 향해 달려나가며 뭐든 만지기에 바쁘다. 그래도 먹태와 유준이, 우리는 함께 나란히 성장하고 있다.

우리 먹태도 다 컸어요!

정연

너에게 주고 싶은 것

유준이는 무슨 생각을 할까? 나 혼자 상상을 해볼 때가 많다. 그리고 최대한 아기의 입장에서 이해해보려고 애쓴다. 내가 아기일 땐 어땠을까 생각해보지만 부모님이 나를 위해 어떤 말을 해줬고, 어떤 일들을 함께 했는지 전혀 기억할 수 없다. 나도 유준이만 할 때가 있었을 텐데 그때 기억이 전혀 나질 않는다. 아이가 기억을 못 한다고 해서 아무 말이나 막 해도 되는 것은 절대 아니다. 우리가 지금 유준이에게 하는 말과 행동은 기억으로는 남기 힘들겠지만 감정이나 정서 등의 다양한 형태로 남을 것이기 때문이다.

지금 혜주와 내가 할 수 있는 일은 유준이의 감정을 채워주는 거라고 생각한다. 앞으로 유준이가 느낄 수많은 감정에 좋은 베이스를 깔아주는 것, 그게 부모의 몫이고 역할이라고 생각한다. 엄마 아빠의 노력을 유준이가 기억할 수는 없더라도 따뜻한 감정이 쌓이면 더 좋은 사람으로 성장할 수 있지 않을까? 그거면 충분하다. 유준이가 마음이 따뜻한 사람이 될 수 있다면 더 이상 바랄 게 없을 것 같다.

•

목조건물을 지을 때 제일 먼저 하는 일은 주춧돌 놓기라고 한다. 주춧돌은 건축물의 하중을 감당하는 역할로, 주춧돌 없이 나무 기둥을 지면에 먼저 박게 되면 습기나 바람에 의해 기둥의 아랫부분이 썩을 수밖에 없다. 결국 튼튼한 건축물이 되지 못하는 거다. 부모는 아이의 마음 깊이 좋은 주춧돌을 놔줘야 하지 않을까. 좋은 주춧돌 위에 어떤 건물을 세울지는 아이 스스로가 해낼 테니.

그럼에도 이런 마음가짐을 항상 유지하기는 정말 어렵다. 분명 유준이에게 따뜻한 마음을 심어주고 싶지만, 소리지르고 투정을 심하게 부릴 때면 모든 게 와장창 무너지는 기분이다. 유준이는 늘 나의 한계를 경험하게 한다. 그럼에도 괜찮은 주춧돌을 놔주고, 차곡차곡 기초공사를 하는 건 지금의 내가 해줄 수 있는 가장 쉬운 일일지도 모른다.

이런 우리 마음을 유준이가 알까?

혜주

새로운 이야기의 시작

오빠와 내 성격이 완전히 다르다는 건 알았지만 유준이를 낳고 키우면서 이렇게 생각이 달랐나 내심 놀랄 때가 있다. 육아관만 해도 그렇다. 나는 좀 자유분방한 편이다. 오 남매 집안에서 자라서 그런지 모르겠지만 아이는 허용되는 범위 안에서 자유를 즐겨야 한다고 생각한다.

예를 들면, 유준이는 밥을 먹을 때 바닥에 물을 뿌리기도 하고, 음식을 탐색하듯 장난을 치는 경우가 많은데 나는 그럴 때는 마음껏 어지럽히고 탐색하게 내버려두는 편이다. 그러나 남편은 조금 생각이 다르다. 필요한 부분에서는 통제를 하는 편이고 집에서 이런 부분을 교육해야 밖에서도 잘할 수 있다는 생각을 가지고 있다.

남편도 자유분방하게 키우는 것에는 동의를 하지만 서로가 허용하는 범위가 다른 것 같다. 나는 유준이가 내 시야 안에서만 돌아다니면 넘어져도 괜찮다. 직접 부딪쳐보고, 아픈 걸 알아야 다신 하지 않을 거라고 생각하기 때문이다. 하지만 오빠는 발생할 수 있는 최악의 시나리오를 생각한다. 이런 사소하지만 사소하지 않은 생각의 차이로 토론장을 방불케 하는 뜨거운 논쟁을 벌여왔지만 결과적으로 정답은 없다는 걸 잘 안다.

•

유준이가 태어나기 전에는 오빠와 다툴 일이 거의 없었는데, 유준이가 우리 곁에 온 뒤로는 우리가 공동으로 돌봐야 할 대상이 있다 보니 모든 면에서 부딪치게 된다. 우린 다양한 문제들을 우리만의 방식으로 해결해왔지만 육아는 다른 문제였다. 밥은 언제 어떻게 먹여야 된다부터 시작해서 '입에 묻으면 닦아줘야 한다'는 쪽과 '다 먹고 닦으면 된다'는 주장처럼 정말 사소한 것부터, 크게는 교육관에 이르기까지, 오빠와의 생각을 좁혀나가는 건 쉽지가 않았다. 그런 과정에서 감정이 상할 때도 있었고, 육아로 이미 몸이 힘드니까 더 예민해져서 별거 아닌 일로 싸우는 일도 생겼다. 어떤 날에는 인터넷이나 유튜브에서 소아과 의사 선생님이 한 말들을 찾아보며 네 말이 맞다 내 말이 맞다 옥신각신하기도 한다.

유준이 때문에 우리 부부의 싸움은 늘었지만 유준이 덕분에 더 빨리 화해하기도 한다. 유준이가 씩 웃어주면 우리도 스르르 마음이 풀리고 경직되어 있던 분위기도 함께 누그러진다. 아무리 싸워도 우리 곁에는 우리의 도움을 필요로 하는 작은 생명이 기다리고 있다. 그 아이를 위해 당장 감정이 상해도 얼굴을 마주해야 하고, 대화하고 이해하다 보면 다시금 화해하고 힘을 합칠 수 있다.

결국 유준이를 더 좋은 어른으로 키우기 위해 노력하는 과정에서 다투게 되는 것이니 사실 나쁠 것도 없다. 내가 틀린 부분은 바로 인정하고, 내가 맞았다고 해서 상대의 의견을 묵살하진 않는다. 어쨌든 결론은 우리 유준이를 위하자는 거니까.

나는 항상 그랬다. 신뢰나 믿음의 문제가 아니라 인간은 모두 다를 수밖에 없다는 걸 잘 알고 있다. 오빠와의 다툼도 마찬가지다. 서로 다른 의견 때문에 다투기도 하지만 모두 나와 생각이 똑같을 수 없다. 오빠도 자신만의 생각이 있을 거라고 생각하면 좀 더 이해가 쉬워진다.

어떻게 화해하지 않을 수 있겠어.

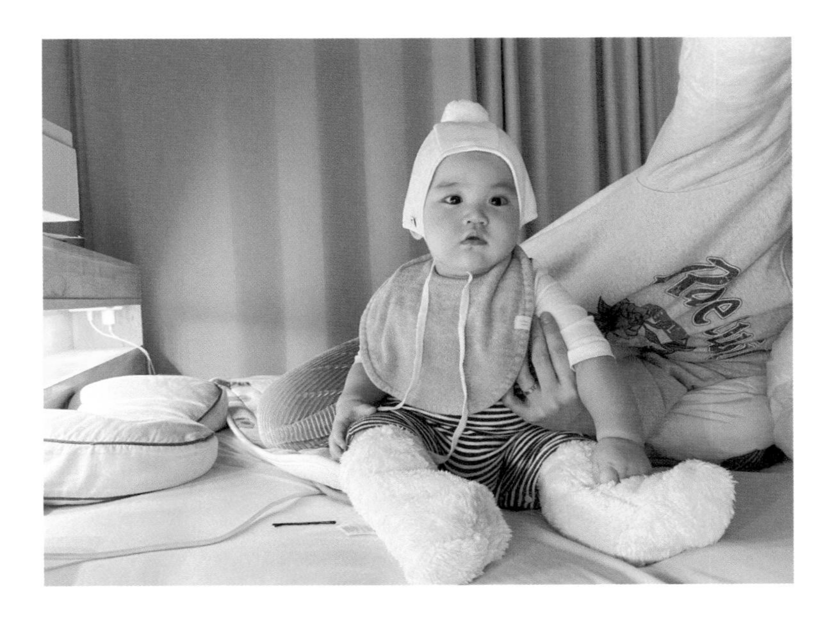

사과할 용기

정연

우리 부부는 대화를 많이 한다. 상대방이 나와는 너무 다르다는 걸 연애 때부터 익히 알아왔기 때문에, 내 생각을 주입시키려고 하지 않는다. 나처럼 변하길 바라는 것도 아니다. 일단 대화를 하고 서로의 의견을 수용하려고 노력한다. 혜주도 느끼는지 모르겠지만, 나는 누구보다 수용을 잘하는 성격이다. 차분하게 이야기하고, 생각할 시간을 조금만

주면 쉽게 받아들인다. 화가 나더라도 스스로를 컨트롤할 수 있는 타입이고, 그러려고 노력하며 살고 있다.

감정이 상했을 때는 찬찬히 생각해보며 마음이 상한 상황과 이유를 짚어보고 돌아보면 전혀 싸울 일이 아니었다는 걸 알게 된다. 그럼 먼저 손 내밀고 사과할 용기가 생긴다. 그래서 우리가 부부가 되고 얼마 지나지 않았을 때, 혜주에게 이것만은 기억하자고 말했던 게 있다.

"우리가 싸울 때, 결국엔 한 사람이 먼저 손을 내밀어 사과를 할 텐데, 그땐 아무것도 따지지 말고 무조건 받아주자. 알았지?"

고집을 꺾고 자존심을 버리고 사과를 한다는 건 굉장한 용기가 필요한 일이다. 만약 사과를 했는데도 상대가 받아주지 않는다면 용기를 내어 사과한 사람은 더 큰 상처를 받을 수 있다는 것을 잘 안다. 그러니 누구라도 먼저 사과를 한다면 무조건 받아주자는 약속을 했다. 용기 있는 사람이 사과를 할 수 있고, 사과를 받아주는 것에도 용기가 필요하다. 사과하는 것도 용기, 그 사과를 받아주는 것 역시 용기다.

•

나에게는 한 가지 믿음이 있다. 내가 미안하다고 하면 혜주는 무조건 받아줄 거라는 확신 말이다. 혜주가 먼저 사과하면 나 역시 아무리 화가 나더라도 사과를 받아줄 충분한 준비가 되어 있다. 우린 그렇게 서로 맞춰가고 있다.

관계에 있어서 신뢰란 무엇일까. 나는 적어도 내 사람은 무조건적으로 믿는다. 다만 믿을 만한 사람인지에 대한 확신이 있어야 한다. 내 기준에서 믿을 만한 사람이라고 느껴지면 그 믿음 안에서는 모든 걸 해줄 수 있다. 하지만 상대가 믿음을 보여주지 못하면 신뢰는 쉽게 무너질 수 있다. 함께 살아가며 그 믿음을 잘 유지해나가는 것은 부부생활에서 가장 중요한 것 중 하나일 것이다.

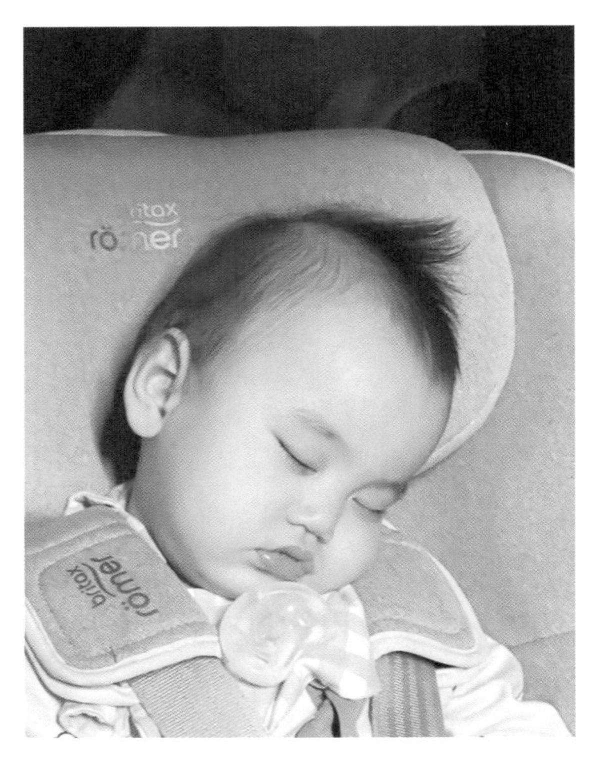

우리 속도 모르고 잘만 자는 유준이

우리들의 대화법

유준이를 키우면서 육아에는 답이 없다는 걸 항상 느낀다. 세상에 이렇게 힘들고 어려운 시험이 또 있을까. 유명한 소아과 전문의의 조언대로 '아! 이땐 이렇게 하라고 했지?'라며 신이 나서 따라해봐도 유준이에겐 전혀 통하지 않을 때가 있다. 그럴 때마다 '누굴 닮아 이럴까?' 질문을 하며 우리 중 누가 범인일까 고민하기도 한다.

아이가 떼를 쓸 때 부모가 해야 할 일, 소리 지를 때 부모의 대처법, 이유 없이 울 때 체크해야 할 부분 등 카테고리를 세세히 나눠 얼마나 열심히 공부했는지 모른다. 유준이에게 자주 있는 일들이고 속 시원한 해답을 제시해주고 싶은데 그런 이론적인 답변이 유준이에게 통하지 않을 때, 우린 한마디로 멘붕 상태가 된다.

•

미리 알고 대처하면 참 좋을 텐데 야속하게도 우리는 항상 한 발짝 느리다. 이제 조금 알 것 같다 싶으면 새로운 일이 터지고, 또 겪어봐야 뒤늦게 정답을 알게 된다. 그러다 보니 매번 정답 없이 육아 상황에 놓이게 되는 기분이다.

소통하는 것도 엄청난 수고다. 오빠와 나는 정확하고 타당한 이유가 있어서 "안 돼"라고 하지만 유준이는 천진하고 원망스러운 얼굴로 우리를 쳐다본다. 느닷없이 하고 싶은 걸 못 하게 하니 서럽고, 서러워서 화가 나고, 화가 나서 으아앙 눈물을 터트린다. 하지만 어쩔 수가 없다. 가끔 그 눈물에 마음이 약해지지만 안 되는 건 안 되는 거다. 결국 유준이가 알아들을 때까지 했던 말을 또 하고 또 하면서 꾸준히 이야기해주는 수밖에 없다.

그러다 보니 어느 순간 유준이가 말귀를 알아듣기 시작했다. 최근에는 "유준아, 엄마 화장실 갔다 올 거야. 어디 가는 거 아니니까 무서워하지 말고 잠깐만 기다려줘. 그렇게 해줄 수 있지?"라고 말했는데 아장아장 걸어가더니 자기 의자에 가서 딱 앉아 기다리는 게 아닌가! 평소라면 화장실까지 쫓아와서 떼쓰고 울고불고 매달렸을 텐데 내 부탁을 알아들은 거다.

이렇게 유준이는 우리와 조금씩 소통하며 자라고 있다. 요즘은 더 많이 이야기를 해주려고 한다. 말하고 또 말하다 보면 유준이도 엄마 아빠의 마음을 느끼게 되고, 그 말뜻을 알아듣게 되고, 조금씩 대화를 할 수 있는 날이 가까워질 것이다.

씩씩하게 밥도 잘 먹어요!

혹시 유준이 아버님 아니세요?

정연

요즘 유준이의 하루 일과는 간단하다. 일어나서 아침을 먹고 어린이집에 간다. 어린이집에서 친구들과 선생님과 신나게 시간을 보내고, 집에 오면 아침에 헤어졌던 엄마 아빠와 오후 일과를 시작한다. 간식도 먹고, 엄마 아빠 그리고 먹태와 함께 놀다가 저녁을 먹고 나면 목욕을 한 뒤 9시쯤 잠에 든다. 초반부터 분리 수면을 해왔지만 요즘엔 잠들 때까지 엄마나 아빠가 곁에 있어야 안심하고 잠드는 편이다.

어린이집을 가지 않는 날엔 하루 종일 네 식구가 같이 놀다가 낮잠을 한두 시간 잔다. 그땐 꼭 엄마나 아빠 중 한 명과 같이 잔다. 유준이도 안정감을 느끼고 그래야 우리도 쉴 수 있기 때문이다. 주일에는 교회를 가고 교회 친구들과 다른 일정을 보내기도 한다. 반복되지만 안정되어 있는 기본적인 일과에서 요일마다 약간씩 달라지는 일정을 소화한다. 예를 들면 가정방문 교육이라든지, 마음껏 뛰어노는 문화센터나 놀이 교실을 다니는 것처럼 말이다. 유준이가 조금씩 성장하면서 앞으로의 교육에 대한 고민이 더 늘어나고 있다. 혜주와의 대화가 중요한 시기다.

•

유준이가 처음 어린이집에 갔을 때가 생각난다. 유준이 또래의 아이들과 부모들이 어린이집에 모여 오리엔테이션 시간을 갖기로 돼 있었다. 그날은 유준이가 어린이집에 잘 적응하는지 보는 날이었고, 부모와 너무 오래 떨어져 있으면 불안해하기 때문에 30분 후에 다시 어린이집으로 유준이를 데리러 가면 됐다. 그렇게 유준이는 어린이집 선생님의 품에 얼떨떨한 표정으로 안겨 교실로 들어갔다.

보통 아이를 어린이집에 보낼 때 부모들이 많이 운다고 생각하는 사람들이 많은데 그렇지만은 않다. 유준이가 처음으로 어린이집에 갔던 날은 물론 감동이었지만 유준이를 보내고 밖에 나온 뒤, 우리 둘의 얼굴에는 조금씩 웃음이 번지고 있었다.

누가 뭐랄 것 없이 우리는 곧장 카페로 향했다. 이 시간에 우리가 카페에 있다니! 한창 손이 많이 갈 시기를 지난 지 얼마 안 돼 지쳐 있던 우리에게 그 30분의 여유는 그야말로 사막의 오아시스와 같았다. 야속하게도 빠르게 흘러가버렸지만 말이다.

•

유준이가 어린이집에 머무는 시간은 조금씩 길어졌다. 이제는 제법 듬직하게 어린이집에 들어서는 유준이의 작은 뒷모습을 보고 있으면 새삼 내가 학부모라는 게 실감이 난다. '갓 태어났을 때가 엊그제 같은데 어느새 다 컸구나' 하는 생각에 마음이 뭉클해진다.

내가 진짜 부모가 됐다는 걸 확실히 실감할 때는 '아버님'이라고 불릴 때다. 유준이가 태어났을 때 느꼈던 감정과 달리 유준이 아버님이라고 불릴 때, 제삼자가 나를 부모로 인식하고 있다는 사실을 알게 될 때 부모라는 이름에 조금 더 무게가 생기는 것 같다. 혜주도 그렇다. 유튜브 채널을 초기에 구독했던 분들은 혜주를 언니라고 불렀지만 유준이 영상으로 우리를 알게 된 분들은 우리를 유준이 아버님, 유준이 어머님이라고 부른다.

이제는 그 호칭이 꽤 익숙해졌다. 물론 조땡으로 불릴 때도 있다. 어릴 때부터 내 별명은 조땡이었다. 중학교에 다닐 즈음 친구와 장난을 쳤다가 껌이 머리에 붙어 빡빡 민 적이 있었는데 그 모습이 스님 같다고 해서, 땡중에 성을 붙여 조땡이라 불렸다. 조땡은 자라서 혜주를 만나 오빠와 여보가 됐고, 이제는 유준이 아빠가 됐다. 사람은 변화하는 인생만큼 다양한 이름을 얻게 되는지도 모르겠다.

사랑해요
감사해요

너에게 처음인 것들

요즘 유준이는 말이 많아졌다. 엄마나 아빠, 할아버지, 할머니를 붙잡고 하고 싶은 말이 많은지 알아듣지도 못할 말들을 종알종알 늘어놓거나 알 수 없는 표정으로 감정을 표출하기도 한다. 유준이가 하는 말을 다 알아듣지는 못하지만, 유준이는 분명 많은 것을 보고 느끼고 있는 것 같다. 그런 기분을 가족들과 공유하고 싶은가 보다.

유준이가 처음 한 말이 뭔지 궁금해하는 사람들이 많다. 민망하게도 유준이가 처음 꺼낸 말은 엄마도 아빠도 아닌 '멈머'다. 먹태 승, 오빠와 나는 의문의 1패를 당한 느낌이지만 인정할 수밖에 없다. 여기서 중요한 것은 두 번째로 한 말이 '엄마'였다는 점이다. 오빠는 '멈머'와 '엄마'가 비슷해서 내가 착각한 거라고 하지만 분명히 아빠보다는 엄마를 더 먼저 말한 것 같다. 2위와 3위의 부질없는 싸움일 뿐이긴 하다. 먹태의 자리는 꽤나 견고하고 단단해 보이니 말이다.

어릴 때부터 먹태는 유준이의 곁을 지켰다. 굴러다니지도 못했던 신생아 시절에는 유준이 침대에 따로 가드를 쳐 놓지 않았는데, 젖병 물릴 시간에 방에 들어와 보면 유준이와 먹태가 눈빛을 주고받고 있을 때가 종종 있었다. 먹태는 항상 침대 앞에 와서 유준이를 지켜봤다. 지금도 유준이는 먹태만 보면 미소부터 짓는다. 나도 잠 못 자고 항상 유준이 곁을 지켰건만…… 어쩌다 순위가 밀렸는지 따지고 싶을 때도 있다.

•

유준이가 처음 뒤집기를 했을 때는 마치 올림픽에서 금메달을 딴 것처럼 대견했다. 그 후로도 유준이는 혼자 앉기에 성공하더니 척척 가고 싶은 곳으로 기어가기 시작했고 자신만의 속도로 일어서고 점차 걷기 시작했다.

분유가 아닌 첫 이유식을 먹었을 때도 생생히 떠오른다. 태어나 처음 먹어본 맛, 처음 느낀 식감에 깜짝 놀란 유준이는 동그래진 눈으로 신기함을 표현했다. 삼키는 법을 몰라서 이유식의 반 이상을 흘리기도 하고 분유를 잊지 못해 이유식을 거부하는 사태가 벌어지기도 했지만 그 과정들 역시 유준이가 커가는 자연스러운 과정이다. 이제는 좋아하는 반찬도 생겨서 먹고 싶은 반찬을 외치기도 한다. 유준이는 내 취향을 닮았는지 콩을 좋아한다. 밥에 들어간 콩을 보면 기분이 좋아 '콩, 콩!' 외치며 신난 마음을 표현한다.

유준이의 처음은 언제나 우리에게 벅찬 감정을 안긴다. 긴 시간이 지나 유준이가 첫 연인을 만나거나 친구들이랑 어울리면서 우리를 멀리하면 질투가 날지도 모른다. 처음

자전거를 타게 되면 언제 금방 커서 면허를 딸까 궁금해지기도 할 것이다. 유준이가 처음 인생의 쓴맛을 느낄 땐 어떤 말로 위로를 해줘야 할지 안절부절못할지도 모른다. 언젠가 집을 나서게 되면 먹먹한 마음으로 유준이를 응원할 것이다.

너의 모든 첫 순간을 응원할게.

아들바보가 될 수밖에

정연

다른 부모들도 마찬가지겠지만 나는 우리 아이가 약간은 남다른 것 같다. 영재인지 아닌지는 아직 모르겠지만 아무튼 특별한 건 분명하다. 먼저 유준이는 감수성이 풍부하다. 아기 때는 담담한 모습이 보일 때가 있어 혜주와 같은 논리형이라고 생각했지만, 조금씩 소통할수록 확실히 감성적인 부분이 있다. 눈치가 빠른 것만 해도 그렇다. 유준이는 엄마 아빠가 싸운다거나 감정에 변화가 생기면 그걸 굉장히 빠르게 알아챘다. 눈치가 빠르다는 건 결국 공감을 잘한다는 의미일 것이다.

어린이집에서도 유준이가 엄청 감정이 풍부한 것 같다고 말한 적이 있다. 동화책을 읽어줄 때 슬픈 장면을 이야기하면서 선생님이 우는 척을 하면 유준이가 따라 운다는 것이다. 책 내용을 이해하고 운 것 같지는 않고, 선생님이 우니까 슬픈 감정이 전해져서 함께 운 거 같다. 유준이는 이렇게 사람들의 마음을 볼 줄 알고 공감하는 아이다. 가끔 여린 감성에 상처를 받지는 않을까 걱정이 되기도 하지만 말이다.

유준이는 관찰력도 뛰어나다. 부모님 댁에 가면 어릴 때부터 있던 벽걸이 시계가 있는데, 어느 날 유준이가 시계를 가리키며 '하트 하트'라고 말했다. 시계는 분명 하트 모양이 아니고, 숫자에도 하트가 있을 리 없는데 무슨 말을 하는가 싶어 자세히 봤더니 정말 시계 한쪽 끝에 작은 하트가 새겨져 있었다. 아마도 우리 아버지 품에 안겨 할아버지 댁 이곳저곳을 탐색하며 본 것을 기억하고 있었던 것 같다.

작은 머리로 집안 곳곳을 관찰하고 있는 것을 보니 신기하기도 하고 대견하기도 했다. 그 작은 시선이 어른들이 미처 보지 못했던 부분을 예리하게 파고드는 힘이 있는 듯했다.

유준이는 애교도 많다. 아이들이 사랑을 표현할 수 있는 방법이 애교뿐이겠지만 유준이는 그 애교로 어른들의 마음을 흔들 줄도 안다. 가만히 다가와서 자기 얼굴을 지그시 갖다 대거나 이마를 비비적거리며 사랑을 표현한다. 요즘은 좀 컸다고 엄마 아빠가 하는 행동을 그대로 따라 할 때가 있는데, '유준아 여기로 와봐!' 하며 바닥을 툭툭 치면 자기도 그 자리에 앉아 똑같이 바닥을 툭툭 친다. 그 모습이 그렇게 귀여울 수가 없다.

생각해보면 유준이는 늘 우리에게 웃음을 준다. 태어나 처음 응가를 했을 때는 힘주는 법을 몰라서 끙끙 얼굴을 찌푸리는 모습에 웃음이 터졌다. 어떤 때는 주먹을 꽉 쥔 자신의 손이 신기한지 주먹을 쥐고 있다가 별안간 자기 주먹을 관찰하기도 한다.

그리고 내가 가장 좋아하는 유준이 입 모양이 있는데, 분유 먹으면서 젖병을 쪽쪽 빨 때 나오는 유준이만의 입 모양이다. 그 작은 입술로 열심히 배를 채우려는 모습을 보고 있으면 너무도 사랑스럽다. 그런 유준이를 꼭 안고, 눈을 맞출 때 나는 우리가 부모가 되었음을 다시금 느끼고, 그렇게 또 사랑을 채우곤 한다.

유준이는 세상 모든 게 새롭고 신나는가 보다.

정
연

돌아보면 두고 온 행복이 보인다

아이를 키우다 보면 나의 감추고 싶은 내면을 마주할 때가 있다. 밑바닥에 깔린 나의 성격까지 확인하게 되는 극한의 활동이 육아라고 생각한다. 스트레스가 쌓이다 보면 그 감정이 어떻게든 주변에 영향을 미치고 그만큼 아이에게도 영향이 있을 수 있다 보니 적절하게 육아 스트레스를 풀어주는 게 중요하다.

스트레스를 푸는 방법은 사람마다 다르지만 나의 경우 우리의 유튜브 영상을 보며 스트레스를 푼다. 누군가는 아이 때문에 힘들어서 스트레스를 푸는 건데 아이의 영상은 멀리 해야 하는 거 아니냐고 생각할 수도 있지만, 직면한 상황에서 한 걸음 떨어져서 제삼자의 시선으로 우리의 모습을 바라보고 있으면 미처 생각하지 못했던 행복을 다시금 찾을 수 있다.

영상을 찍던 그 순간에는 힘들다는 생각에 정신없이 지나 보낸 시간들, 돌이켜보면 언제나 소중한 때였다. 힘든 순간이나 즐거웠던 모든 순간 각기 다른 모습의 행복이 있다. 조금 뒤늦게 그때를 다시 되짚어보면서 내가 무엇을 놓쳤는지, 그때 유준이는 왜 울었을지 하는 것들이 눈에 보이기도 하고, 당시에는 미처 느끼지 못했던 행복한 감정을 영상을 돌려보며 뒤늦게 깨달을 때도 많은 것 같다.

스트레스를 푸는 방법은 많다. 야식 먹을 때가 가장 행복한 혜주는 제일 좋아하는 음식을 시켜놓고 나에게 이런저런 이야기를 하며 스트레스를 푼다. 나는 운동하는 것도 좋아한다. 머리를 비우고 땀을 흘리고 나면 몸과 마음이 가벼워지니 말이다. 혼자만의 시간을 갖는 것도 중요하다. 가족과 육아라는 환경에서 잠시 벗어나 친구나 취미로 얽힌 새로운 세계에서 잠시 쉬다 보면, 다시 마음의 여유가 생길 것이다.

번아웃은 육아뿐 아니라 다양한 분야에서 많은 사람들이 겪는 현상이다. 스트레스가 만연한 세상에서 방전되지 않으려면 1분 1초를 쉬더라도 효과적으로 쉴 수 있는 나만의 휴식 기술을 터득해야 한다. 특히 부모에게는 긴 시간이 주어질 수 없기 때문에 짧은 시간을 이용해 명상을 하거나 스트레칭을 하며 틈틈이 스트레스를 푸는 것도 괜찮은 방법이다. 그리고 아이를 돌보듯이 가끔은 부모 자신을 돌봐야 한다. 내 마음은 어떤지, 내가 아픈 곳은 없는지를 돌아보며 스스로를 챙겨야 한다.

그리고 부모도 사람이라는 걸 인정해야 한다. 사람이기 때문에 힘들 수도 있고, 사람이기 때문에 울 수도 있다. 혼자서 강한 척, 모든 걸 다 해낼 수 있는 척해봤자 축나는 건 자신이고 그 피해는 고스란히 가족에게 돌아간다. 그러니까 힘들 땐 나의 힘듦을 인정하자.

언젠가 유준이가 좀 더 크면 우리만의 새로운 시간을 보내며 스트레스를 해소할 수 있을 것이다. 함께 목욕탕도 가고, 캠핑도 하면서 함께 시간을 보내도 좋을 것이다.

좋은 부모

혜주

내 아이를 아무리 사랑한다고 하더라도 아이가 원하는 모든 것을 줄 수는 없다. 부모가 누구보다 독해져야 할 때도 있고, 그렇게 한다고 해서 아이를 사랑하지 않는다는 건 아니라는 사실을 항상 알려줘야 한다.

유준이가 신생아였을 때는 모유를 먹이는 일이 고역이었다. 탄생 후 얼마간 대학 병원에 있다 보니 모유를 직접

줄 기회가 없어서 그랬는지 유준이는 모유를 거부하고 간편한 젖병만 찾았던 것이다. 젖몸살까지 나며 힘들게 유축한 건데 그걸 거부하다니, 서운한 마음을 숨길 수가 없었지만 그건 시작에 불과했다.

밥상 앞에서 유준이는 빨리 음식을 안 준다고 울고, 좋아하는 음식이 없다고 울고, 눈물로 자신의 마음을 표출하더니 그다음엔 아예 싫은 반찬을 주면 입을 꾹 닫아버리기도 했다. 벌써부터 좋아하는 것만 먹겠다고 나름 시위를 하는 것이었다. 그럼에도 엄마 아빠는 영양소를 따져가며 골고루 먹여야 하고 다양한 식감의 음식을 먹을 수 있게 해야 하니까 회유와 은근한 협박을 동원하며 유준이의 입을 열게 해야 했다.

밥상 앞에서 모자 전쟁이 발발할 때마다 이렇게 억지로 먹이는 게 맞는 건지 고민하는 마음과, 그래도 잘 먹였으니 다행이라는 마음을 쉴 새 없이 오간다. 무엇이 정답인지는 여전히 알 수가 없다. 그럼에도 오빠와 나는 유준이를 위해 최선을 다하고 있다며 서로를 다독이며 하루하루를 살아가고 있다.

•

자식을 위해 아무리 노력해도 부모의 마음은 언제나 미안하다. 내 경우에는 유준이가 배앓이를 했을 때 너무 늦게 그 사실을 안 게 계속 생각난다. 초보 엄마라서, 배앓이를 하는 줄도 모르고 유준이를 다그치기만 했던 것이 죄책감으로 마음 한편에 남아 있다. 아이가 점점 클수록 시기별로 챙겨주고 신경 써줘야 하는 것들이 있는데, 내가 잘하고 있는 건지 늘 막막하고 답답할 뿐이다. 이제 좀 아이 키우는 게 어떤 건지 알겠다 싶으면 또 다른 문제가 닥치고, 그 사이 아이는 조금씩 더 커간다.

육아 공부를 하고 미리 대비를 한다고 해도 아이도 한 사람이기에 부모의 마음처럼 움직여주지는 않는다. 움직여주지 않아도, 움직여줘도 어떠한 결과가 생긴다면 그 책임은 내게 있을 것이다. 그러니 매일 자문하게 된다. '좋은 부모란 어떤 걸까?' 많은 부모들이 스스로의 역할과 책임에 대해 생각해봤겠지만 정답은 없다. 그럼에도 아이는 말보다 행동을 통해 먼저 배우기 때문에 내가 아이에게 모범이 되는 행동을 하고 있는지 늘 체크해야 한다. 건강한 부모를 보고 자란 아이들은 자연스럽게 그 모습을 본받기 때문이다.

너무 애지중지 키울 필요도 없는 것 같다. 물론 아이를 독립적인 인격체로 대하는 게 쉽지는 않지만, 아이 스스로 혼자서 탐색하고 알아가는 시간도 필요하다고 생각한다. 그리고 제일 중요한 건 엄마 아빠의 일관된 훈육이 아닐까. 엄마는 하지 말라고 하는데, 아빠는 해도 된다고 하면 아이는 그 사이에서 혼란을 느낄 수밖에 없다. 그러니 부부가 먼저 많은 대화를 나누면서 육아의 방향을 정해가야 한다. 오빠와 나는 대화를 많이 한다고 생각하지만, 육아 문제에 있어서는 새로운 갈등이 생기기도 하고, 해답을 찾지 못해 갈팡질팡하기도 한다. 하지만 엄마 아빠가 같은 곳을 바라봐야 아이도 그곳을 함께 볼 수 있다는 걸 안다. 그리고 그 해답은 우리가 유준이를 많이 생각하고 사랑할수록 더 잘 보일 것이라고 믿는다.

물론 가끔은 엄하게 대하기가 힘들다.

Chapter 4

우리가 쌓아갈 시간들

좋은 것만 주고 싶어

정연

혜주는 늘 유준이가 나를 쏙 빼닮았다고 부러워한다. 그 말을 부정하지는 않지만, 솔직히 내 눈에는 나보다 우리 아버지를 더 많이 닮은 것 같다. 말로 설명하기는 어려운데 특유의 분위기가 있다. 어느 정도냐면 가만히 유준이를 보고 있으면 꼭 우리 아버지의 모습이 보이는 것 같아 깜짝깜짝 놀라기도 한다.

어릴 적 나에게 아버지는 책임감이 강하고 과묵한 분이셨다. 감정의 변화가 크지 않아 늘 차분한 모습이었고 가족들과 가까운 지인들에게는 굉장히 따뜻한 사람이었던 걸로 기억한다. 그래서인지 나는 유준이가 할아버지의 좋은 점을 닮았으면 좋겠다. 책임감 있게 맡은 일을 해내고 내 가족들에게 따스한 사람이자 기댈 수 있는 사람이었으면 좋겠다.

장인어른에 대한 이야기도 해야겠다. 혜주가 말하는 장인어른은 매우 낙천적이라고 한다. 어렸을 때 아버지가 친구들에게 장난을 치고 웃겨주면 짜증을 내기도 했다고 하는데 크면서 이해할 수 있었다고 한다. 장인어른은 늘 긍정적인 에너지를 주기 위해 노력하신다. 가족들에게도 좋은 기운을 주고 싶어 먼저 분위기 전환을 시도하시기도 한다. 장인어른의 낙천적이고 밝은 에너지도 유준이를 훌륭한 어른으로 키워줄 유산이 될 거라고 생각한다.

•

나는 어릴 때 엄청난 개구쟁이였다. 그래서 유준이도 장난이 많은 아이로 자라면 좋겠다. 사고를 조금 치더라도 신나게 자신의 인생을 즐겼으면 좋겠다. 장난꾸러기 녀석을 감당하려면 제발 좀 조심하라는 잔소리는 늘 입에 달고 살아야 하고, 따라다니며 뒷수습을 해야 하니 체력적으로도 힘들겠지만 그럼에도 나는 개구쟁이 유준이가 기대된다.

식성은 딱 혜주와 나를 반반 닮은 것 같다. 유준이는 뭐든 잘 먹는다. 그건 나를 닮았다. 벌써부터 한식파이다. 특히 백김치와 김을 좋아해서 엄청 먹는다. 혜주가 좋아하는 과일도 잘 먹는다. 사실 난 과일은 입에 넣어줘야 겨우 먹을 정도로 잘 찾지 않는데 유준이는 아니다. 밥보다 과일을 더 좋아하는 혜주의 입맛을 꼭 닮은 것 같다. 골고루 잘 먹어주는 아이가 최고의 효자다.

세상에는 맛있는 게 너무 많아요!

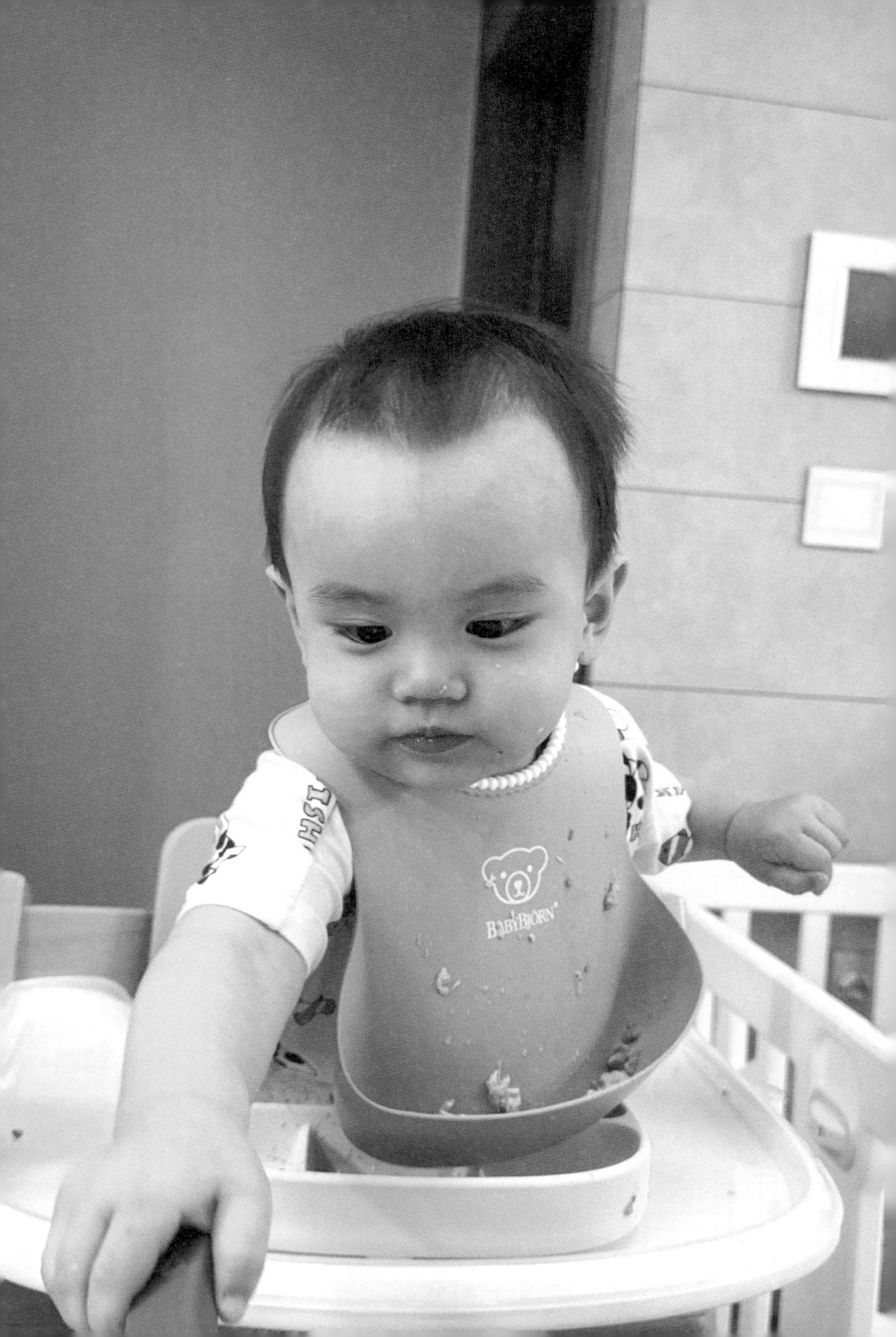
BABYBJORN

나를 닮은 점도 많이 있다

유준이의 외모는 누가 봐도 오빠를 닮았다. 그냥 미니 조땡이다. 빼도 박도 못하게 오빠를 닮아서 서운하기도 하지만, 그래도 귀는 나를 닮았다.

외모는 오빠를 닮았지만 성격을 가만히 보면 나와 비슷한 점이 많은 것 같다. 우선 유준이가 멍때릴 때가 많은데 나도 그렇다. 내가 멍때릴 땐, 진짜 아무 생각 없이 멍하게 있는 거지만 유준인 어떤지 모르겠다. 가끔 멍하니 있는 유준이를 보고 "유준아, 혹시 너 멍때렸어? 아니면 무슨 생각한 거야?" 이렇게 물으면, 유준인 '멍'이라는 말에 '멈머 멈머'라고 대답한다. 아니면 진짜 먹태 생각을 한 거였을까?

함께 차를 타고 가면 앞에 가는 자동차를 멍하게 바라보고 있다거나, 창밖만 쳐다볼 때가 있는데 도대체 무슨 생각을 하고 있는 건지 너무너무 궁금하다. 강아지의 소리를 해석해주는 기계가 발명된 것처럼 아이의 옹알이나 표정을 해석해주는 기계는 없는 걸까? 나름 유준이의 '멍'을 해석해본다면, 가장 큰 부분은 먹는 걸 생각하는 게 아닐까 싶다. 유준이는 먹는 걸 좋아하니까 머릿속에는 자기가 좋아하는 백김치며 김이며 콩을 떠올리고 있을 거라고 생각한다.

그런 적도 있었다. 혼자서 가만히 멍을 때리다가 갑자기 '으헝' 하며 사자 소리를 내는 것이다. 그래서 나는 "유준아! 너 혹시 지금 사자 생각했어? 그래서 사자 소리 낸 거야? 사자 보러 갈까?"라고 대화를 이어가려고 시도한 적도 있다. 멍을 잘 때린다는 건 머릿속으로 그리는 상상의 세계가 많다는 거고, 나의 예상과 달리 아무 생각을 하지 않더라도 그러면서 뇌를 쉬게 하는 것이 아닐까 싶다.

•

나를 닮지 않았으면 하는 모습도 있다. 내가 워낙 내성적이었기 때문에 유준이는 외향적인 아이로 크면 좋겠다. 다행히 지금은 매우 외향적이기 때문에 내가 걱정할 필요도 없을 것 같긴 하다.

여기서 조금 더 욕심을 내보자면 무덤덤한 내 성격은 닮길 바란다. 외향적인데 무덤덤한 게 어울리나 싶지만, 그런 사람도 분명 있지 않을까? 이것 또한 지나갈 거라는 엄마의 신념을 우리 유준이도 함께 공감하고 닮았으면 좋겠다. 앞으로 유준이의 인생에도 크고 작은 일들이 생길 테고 어쩌면 유준이 혼자 감당하기엔 벅찬 일들이 닥칠 수도 있다. 그럴 때마다 좌절하거나 그 무게를 감당하지 못해 지쳐 쓰러지는 게 아니라 무덤덤하게 받아들이고 지나갔으면 좋겠다. 말이 쉽지 어른들에게도 쉽지 않은 일이지만 그럼에도 강하고 멋진 아이가 되기를 바라본다.

생각해보면 우리 어머니도 그랬다. 살아가면서 내가 간과할 수 있는 일들을 꼼꼼하게 짚어주셨고 늘 조심성을 강조하셨다. 시어머니 역시 배려심 많고 사랑이 가득한 분이라 배울 게 참 많다. 유준이가 할머니들의 심성과 엄마의 바람을 잊지 않았으면 좋겠다. 귀에 딱지가 앉더라도 잔소리 좀 해야 하는 이유다.

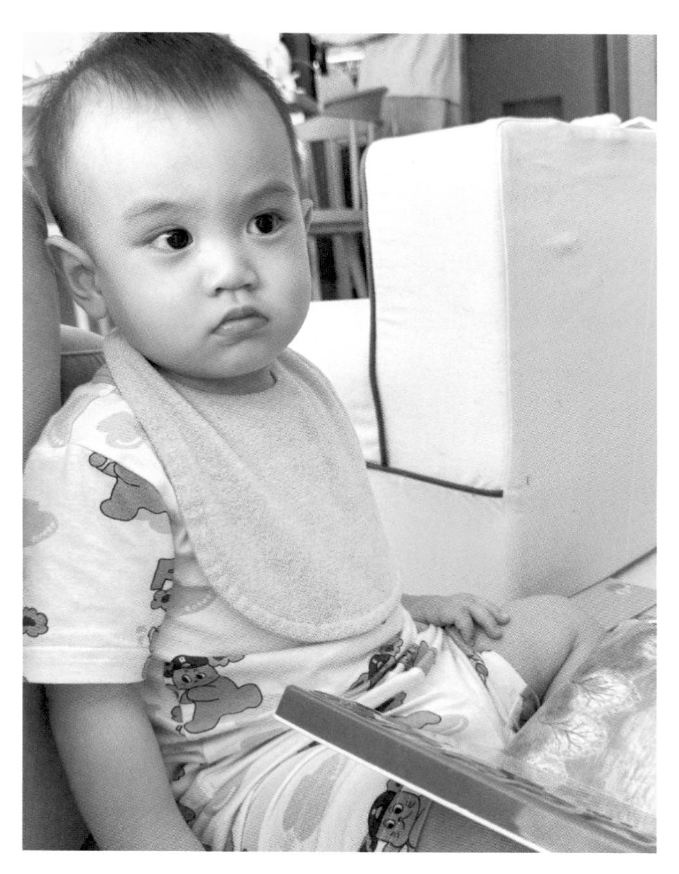

유준아 무슨 생각을 하고 있니?

우리가 한 팀이라 느낄 때

활짝 웃는 유준이를 보면 피로가 사르르 풀리기는 하지만, 그래도 육아는 참 어렵다. 육아에 지칠 때면 한 발짝 떨어져서 보면 더 잘 보인다. 아이가 뭘 원하는지, 왜 칭얼대는지, 왜 잠을 안 자는지 조금만 냉정하게 생각해보면 알 수 있는 것들이지만 실전에서는 그 상황에만 몰입하고 내 감정까지 격해지다 보니 제대로 보이지 않을 때가 있다. 나는 우리의 영상을 정리하면서 왜 유준이의 저런 표정을 못 봤을까, 안아달라고 하는 포즈나 이런 것들을 왜 지나쳤을까 고민하곤 한다.

당시에는 내가 힘드니까, 혹은 유준이를 돌봐야 한다는 생각 하나에만 빠져 있으니 주변이 보이지 않을 수도 있다. 신생아 때는 부모도 잠을 못 자고, 배도 고픈데 밥 먹을 시간도 없고, 화장실 가는 시간조차 사치로 느껴질 때, 나도 사람인지라 짜증이 머리끝까지 치솟을 때가 있다. 식욕과 수면욕은 사람의 본능인데 그걸 거스르고 있으니 본능적으로 화가 날 수밖에 없는 것이다.

하지만 그 감정들이 고스란히 아이에게도 전달된다는 걸 느끼면 그저 나의 힘듦을 정당화하기가 쉽지 않아진다. 아이들은 모를 것 같지만 그렇지 않다. 엄마 아빠의 기분을 누구보다 빨리 알아채는 게 아이들이다. 아이에게 보여준 감정과 말들은 다시 주워 담을 수 없기 때문에 더 조심하고 신중해야 한다.

감정적으로나 생활적으로나 가족은 보이지 않는 무엇으로 엮여 있고 많은 것을 공유하게 된다. 가끔은 함께 아프기도 하다. 얼마 전에는 유준이가 수족구병에 걸려 힘들어했는데, 병간호를 하다가 나에게도 옮았다. 잘 모르는 질환이었지만 성인 수족구가 그렇게 아플 줄은 미처 몰랐다. 수족구는 내가 걸려본 그 어떤 병 중에서도 제일 아픈 병이었다. 통증이 정말 심했고, 온몸에 소름이 돋을 정도로 한기가 느껴져 두꺼운 옷을 입고 있어야 했다. 아침에 눈을 뜨니 식은땀으로 이불이 축축할 정도여서 체온을 재보니 열이 38도가 넘었다.

고열로 이틀을 앓은 후 열이 내리자 발바닥과 손바닥에 불타는 듯이 수포가 올라오기 시작했다. 열흘간의 견디기 힘든 고통, 4개월 동안 발톱과 손톱이 5개씩 빠지는 와중에 매스컴에 성인 수족구병 위험성의 예시로 보도도 됐지만 그래도 유준이의 고통과 마음을 함께 나눌 수 있었던 것이 장점 아닌 장점이었을지도 모르겠다.

이렇게 큰일을 겪고 나면 가족이 더 소중해진다. 혜주와 유준이는 그 누구보다 나를 걱정했고 날 위해 기도했다. 아빠가 아픈 걸 알고 유준인 엄마에게 떼도 덜 쓰고 조용히 아빠가 자신의 옆자리로 돌아오기를 기다렸던 것 같다.

가족이 한 팀이 된다는 건 수많은 한때를 공유하는 것과 같다. 같은 꿈을 꾸기도 하고, 같이 아프기도 하고, 다투기도 하겠지만, 그 모든 시간을 함께 겪어낸다. 이렇게 웃픈 시간도 우리는 같이 공유한다. 우리 셋은 어쨌든 한 팀이니까.

혜주

너의 세계가 궁금해

유준이는 어린이집을 다니기 시작하면서 친구가 많이 생겼다. 말도 제대로 못 하면서 어떻게 우정을 쌓는지 신기하지만 유준이는 친구들을 매우 좋아한다. 그중에서도 윤서는 유준이보다 4개월 정도 늦게 태어난 친구다. 윤서는 유준이보다 어려서 아직 친구를 잘 인식하지 못하는 것 같은데 유준이는 윤서를 자신의 친한 친구로 생각한다.

하원 시간에 맞춰 유준이를 데리러 가면, 곧장 집으로 가기 아쉬워서 어린이집 주변 놀이터에서 좀 더 놀 때가 있다. 삼삼오오 모여 있으면, 유준이는 발음하기 쉬운 친구 위주로 이름을 부르며 다가간다. 재이는 '재, 재'라고 하고, 윤서는 '유, 응' 이렇게 이름의 한 글자를 부르며 친한 척을 한다. 이름 두 글자 다 부르는 건 유준이에겐 엄청난 도전이고 숙제다. 너무 귀여운 건 그렇게 한 글자로만 이름을 불러도 누군지 서로 안다는 거다. 그렇게 친구들의 이름을 부르고, 또 자신의 어깨를 친구에게 기댄다거나 안아주기도 하며 반가움을 표현한다. 유준이에게는 어린이집 친구들만 있는 건 아니다. 일명 엄마 친구 아들, 엄마 친구 딸도 있다. 그중에서도 자주 만나는 친구는 래퍼 비와이의 딸 시하다. 유준이와 시하는 교회 친구다.

벌써부터 친구라는 울타리가 생기고, 자신의 의사를 몇 안 되는 단어와 표정으로 표현하는 유준이를 보면 앞으로 이 아이가 만들어갈 세계가 궁금해지곤 한다. 엄마 아빠도 그 세계에 끼고 싶어도 점점 발을 들여놓는 게 쉽지 않을 거라는 것도 안다. 이런 생각을 하다 보면 조금 아쉬운 마음이 생기기도 한다.

요즘 내 머릿속은 유준이, 조땡, 먹태 등 우리 집 남자들로 꽉 차 있는 것 같다. 세세하게 따지면 다른 것들도 있지만, 어쨌든 저 셋의 지분이 가장 크다. 이건 오빠도 크게 다르지 않을 거라고 생각한다. 유준이의 머릿속은 어떨까, 지금은 엄마, 아빠, 먹태와 함께 유치원 친구들, 그리고 먹을거리로 차 있겠지만 점점 엄마 아빠의 자리는 줄어들고 자신이 추구하고 원하는 것들로 채워질 것이다. 자신의 세계가 커지다 보면 엄마 아빠의 자리까지 내어줘야 할지도 모르지만, 그러한 허전함이 오지 않기를 바라면서, 또 그런 허전함을 설레는 마음으로 기다리는 것이 육아하는 마음이기도 한 것 같다. 기다리면서 또 아쉬워하고 있는 요즘이다.

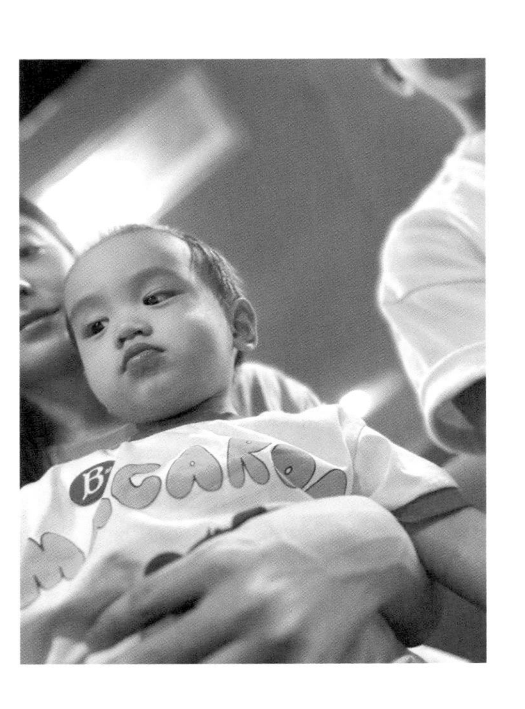

정연

잊혀진 한때

혜주는 얼른 유준이가 커서 우리와 함께 야식 시켜 먹는 날을 기다린다고 한다. 좋아하는 야식을 시켜놓고 셋이 둘러앉아 밤늦도록 TV를 보거나 이런저런 이야기를 나누는 소소한 일상을 상상하면 너무 재밌을 것 같다고 한다.

나는 유준이가 얼른 커서 나와 함께 운동을 했으면 좋겠다. 이건 어쩌면 아들 아빠들의 로망일 테지만 그중에서도 나는 유준이와 골프를 치고 싶다. 신혼 때는 혜주와도 가끔 골프를 쳤었는데, 임신을 하고 출산과 육아까지 이어지며 혜주는 다시 골프채를 잡는 게 쉽지 않았다. 그렇지만 골프는 혜주와 내가 좋아하는 스포츠니까 유준이에게도 꼭 가르쳐서 함께 가족 라운딩을 나가고 싶다.

유준이가 무럭무럭 자라서 언젠가 나와 술을 마시게 된다면 어떨까. 그건 20년 정도는 더 지나야 할 테니 유준이가 지금보다는 훨씬 더 커졌을 것이다. 그런 생각을 하면 어딘가 모르게 아쉬운 마음이 든다. 지금의 내 모습으로는 어른이 된 유준이를 만날 수 없을 테니 말이다.

우리 아버지도 술을 좋아하셨기에 지금도 저녁 식사를 할 때 반주를 조금씩 곁들이신다. 하지만 나는 술을 그렇게 좋아하는 편이 아니었기 때문에 잘 먹지 않았다. 내가 유준이와 나중에 소주 한잔하고 싶은 마음이 드는 것처럼, 어쩌면 우리 아빠도 비슷한 생각을 했을지도 모르겠다.

요즘에는 나도 아버지가 반주를 곁들이시면, "저도 한잔 마실게요" 하고 함께 앉게 된다. 술을 마시면서 허심탄회하게 속 이야기를 하는 것은 아니다. 그렇지만 깊은 대화를 하지 않더라도, 함께 앉아 술잔을 기울이는 것만으로도 서로의 마음을 느낄 수 있을 때가 있다. 어쩌면 나와 유준이도 그런 순간을 함께하게 되지 않을까.

20년 뒤의 유준이는 어떤 모습일까. 20년 뒤의 나는 또 어떨까. 유준이를 사랑하는 마음은 한결같더라도 20년 뒤의 나는 지금의 나와는 조금 다른 모습과 생각이나 가치관을 가지고 있게 될 것이다. 조금은 지친 아저씨가 돼 있을지도 모르겠다.

타임머신을 타고 20년 뒤의 유준이와 당장 술잔을 기울이면 어떨까. 아니면 20년 전으로 날아가 젊은 시절의 아버지와 술잔을 기울이면 어떨까. 사람과 사람 사이의 시간은 가끔 너무 느리고 멀게 느껴진다. 사랑에는 타이밍이 있다는 말처럼, 어쩌면 후회와 서글픔은 어긋나버린 시간 때문에 생긴 뒤늦은 깨달음, 그에 대한 야속한 마음에서 생겨나는 것인지도 모르겠다. 너무 느리게 이해하게 된 감정과, 어쩌면 두 사람 모두 망각해버린 한때의 순간을 애타게 찾고 있는 것이다.

시간은 우리의 바람과는 다르게 흐른다.

어린 시절 혜주와 장모님

부모가 행복해야 아이가 행복하다

혜주

부모가 행복해야 아이가 행복하다. 너무 공감하는 말이다. 하지만 가끔은 내 입장만 고려하는 것 같아 양심에 찔리는 말이기도 하다. 아무리 아이를 사랑한다고 하더라도 매일 매일 꼬박 육아에만 매달리지는 못할 수 있다. 나도 오빠에게 유준이와 먹태를 맡기고 해외여행을 다녀오기도 했고, 가끔 친구나 동생들을 만나러 혼자 집을 나서기도 한다.

혼자만의 시간을 보낸다고 해서 시원하기만 한 건 아니다. 혼자 유유자적 시간을 보낼 때에도 머릿속에는 유준이와 오빠와 먹태가 연이어 떠다닌다. 밥은 잘 먹고 있을까, 유준이는 잠을 잘 자고 있을까, 혹시 내가 보고 싶다고 칭얼대다가 또 울고 있지는 않을까. 그러다 다시 지금 순간 내 눈앞에 있는 자유에 조금 더 집중해본다.

혼자 시간을 보내고 다시 우리의 집으로 돌아가면 함께 있는 시간의 소중함에 더 집중할 수 있게 된다. 함께 있어주지 못한 시간만큼 더 많은 시간을 보내려고 애쓰게 되고 소중한 일탈로 채워진 나의 좋은 에너지를 유준이에게 더 많이 전해줄 수도 있다. 하지만 재접근기에 접어들면서 유준이는 예전보다 더 엄마 껌딱지가 되어가고 있고 그래서 혼자만의 일탈을 즐길 수 있는 시간 역시 줄어든다. 요즘에는 오롯이 셋이, 때로는 먹태까지 넷이 움직일 일이 더 많아졌다.

예전에는 너무도 쉽게 즐길 수 있었던 평범한 일상들이 엄마가 된 뒤에는 먼일이 된다는 것을 깨닫게 된다. 그래서 장난식으로 신세를 한탄하기도 하지만 이건 엄마인 내가 선택한 일상이다. 그러니 후회와 미움이 올라오는 것을 경계하기도 한다. 그렇다고 마냥 참고 있을 필요도 없다. 일상의 소중함이 다시 내게로 올 때까지만 작은 일탈이 필요할 뿐이다. 육아의 방법은 다양하니까, 육아 스트레스를 푸는 방법도 다양하게 있을 거라고 생각한다.

가장 중요한 것은 부모가 행복해야 그 행복을 아이에게 전할 수 있다는 것이다. 스트레스가 쌓였을 땐 훈육을 해도 그 목소리에 짜증이 실릴 수밖에 없고, 세 번 참을 수 있는 걸 한 번만에 큰 목소리가 나갈 수도 있다. 부모도 사람이기에 언제 어떤 상황에서나 평정심을 찾는 게 쉽지 않다. 그러니 자연스럽고 행복한 환경을 조성해주기 위해서는 나의 행복을 잘 챙기는 것도 중요하다.

그런 의미에서 나는 요즘 꽤 행복하다. 유준이 등원시킬 때 변해가는 풍경을 보며 잠깐씩 감상에 빠지기도 하고, 집안일을 시작하기 전에 힘내보자는 의미로 마시는 커피 한 잔, 또 내 손길을 거친 뒤에야 더욱 깔끔해지고 포근해진 집안 곳곳을 볼 때면 엄마가 되어야 비로소 알 수 있는 행복에 감사함을 느낀다.

함께 있는 시간이 더 소중해지도록

그렇게 육아 고수가 되어간다

혜주

문득 나도 육아 고수라고 느낄 때가 있다. 오빠가 1년간의 육아휴직을 끝내고 복직했을 때 오롯이 혼자 육아를 하게 되었다. 물론 유준이를 어린이집에 보내긴 했지만 그때는 초반이라 아주 짧은 시간만 어린이집에서 시간을 보내고 금방 하원하는 시기였다.

처음엔 늘 곁에서 함께하던 육아 파트너가 사라져버린

기분이라 갑작스러운 오빠의 빈자리가 버겁게 느껴졌다. 그러나 스스로 힘들다고 투정 부리는 성격은 아니었기 때문에 유준이와 어떻게 시간을 보내는 것이 좋을지 고민하게 되었다. 특히 오빠가 장거리 비행을 가게 되면 며칠 동안 어디서 어떻게 시간을 보낼지, 누구와 만날지 약속을 하고 최대한 사람들을 만나러 많이 다녔다. 그 과정에서 어린이집 엄마들과도 친분을 쌓게 되었고 나에게도 소중한 인연들이 새로이 생겼다.

유준이 친구들과 문화센터에 가서 촉감 놀이를 하거나 우리 집으로 초대해 같이 노는 시간도 많이 가졌다. 엄마랑만 있는 것보다는 친구들과 함께하는 시간을 많이 가지는 게 좋을 것이고, 나도 엄마들과 둘러앉아 육아에 관한 꿀팁을 공유하고 배울 수 있으니 일거양득이었다.

그럼에도 유준이를 보면서 업무를 해야 할 때는 특히 힘들었던 기억이 있다. 사무실에 일이 있어서 꼭 나가보아야 했는데, 유준이를 데리고 가야 하니 아기띠를 하고 사무실에 데려가게 되었다. 택배를 몇 개 포장해서 발송해야 했는데 유준이가 아기띠에서 잠에 들어버린 것이다. 나름대로 최선을 다해 식은땀을 흘리며 테이핑을 하던 중, 테이프 뜯는 소리에 유준이가 깨서 으앙 하고 울음을 터뜨리기 시작했다. 결국 나는 포장을 다 마치지 못한 채 황급히 사무실을 나와야 했다.

더 곤혹스러웠던 것은 내가 급하게 화장실에 가야 하는 상황이었다. 아기띠를 한 채로는 화장실에 갈 수 없었는데, 마침 건물을 관리해주시는 이모님들이 유준이를 잠시 안아주셨고 그 틈을 타서 간신히 화장실에 다녀올 수 있었다.

나는 육아용품이나 장난감을 중고 거래로 구매하곤 했는데, 뒷자리에 유준이를 태우고 장난감을 사러 많이 돌아다녔던 것 같다. 아기가 어릴수록 대소변을 시도 때도 없이 하기 때문에 차에 태우고 다니다가 차에서 기저귀를 갈아주어야 할 때도 조금은 힘들었다. 그럴 때면 아기엄마들이 왜 백화점이나 아웃렛에 많은지 이해가 됐다.

혼자 유준이를 보다가 유준이가 울음을 멈추지 않으면 같이 울고 싶을 때도 있지만 그럼에도 우린 환상의 짝꿍처럼 그 순간들을 헤쳐 나갔고 그래서 엄마와의 애착도 더 커진 것 같다.

•

유준이가 어린이집에 가거나 오빠나 먹태와 함께 산책을 나설 때, 그 틈을 타서 나는 정말 많은 일을 한다. 이건 유준이가 신생아였을 때부터 단련되어온 엄마들의 노하우 같은 것이다. 겨우겨우 유준이를 재워놓고 거의 마시듯 밥을 먹는다거나 청소를 하고 빨래를 끝낸다. 이렇게 시간을 쪼개 쓰다 보면 하루가 마법처럼 정말 빠르게 간다. 어렸을 때는 시간이 너무 안 가서 빨리 어른이 되고 싶었는데 이제 시간이 더디게만 가면 좋겠다.

정신없이 보내는 시간 사이로 내가 잘하고 있는 걸까 하는 의심이 솟아오를 때도 있지만, 또 어떤 때는 내가 이렇게나 엄마 같다니? 하며 놀랄 때도 있다. 신생아를 둔 엄마에게 내가 써본 육아용품을 추천하거나 주의해야 할 점을 줄줄 늘어놓는 내 모습을 느낄 때면 새삼 나도 많이 발전했구나 하는 생각이 든다.

육아의 끝은 뭐니 뭐니 해도 교육인 것 같다. 어떤 때는 강하게 훈육해야 하고, 어떤 때는 너그러이 품어주어야 할 텐데 엄격하게 해야 할 때 눈물을 또르르 떨구는 유준이를 보면 마음이 절로 말랑말랑해져서 큰일이다.

그래도 강하게 훈육을 한 뒤에는 유준이를 꼭 안아준다. 엄마가 많이 사랑한다는 걸 알려줘야 유준이와의 사이에 틈이 생기지 않을 것이다. 괜히 야단친 게 미안해서 '내가 너무 심한 건 아닐까?', '다른 방법이 있지 않았을까?' 자책하기도 하지만 그 모든 과정을 거쳐 나도 성장해가고, 유준이도 건강하게 자랄 것이라고 믿는다. 그러다 보면 어느새 나도 진정한 육아의 달인이 되어 있지 않을까?

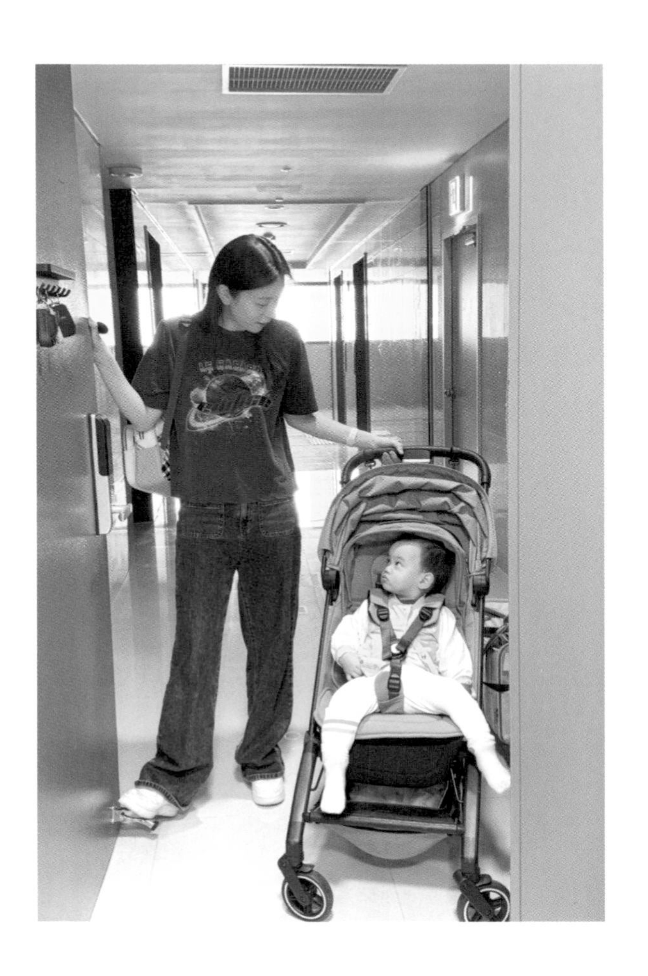

너로 인한 변화들

정연

혜주와 나, 우리의 시간은 유준이를 중심으로 돌아간다. 1시, 2시, 3시가 아니라 유준이가 일어날 시간, 유준이 등원 시간, 유준이 하원 시간, 유준이 저녁 먹고 씻을 시간, 이런 식으로 나뉜다. 생활도 마찬가지다. 유준이와 뭘 먹고, 유준이에게 무슨 공부를 시키고, 유준이와 어떻게 놀아야 할지를 항상 생각한다.

이건 결혼 전과 비교하면 엄청난 변화다. 아이가 없을 때는 주말에 늦잠을 잔다고 해서 큰일 나지 않았지만 지금은 유준이의 기상 시간에 일어나지 않으면 아이를 제대로 케어할 수 없으니 자동으로 벌떡 일어나게 된다. '10분만 더 자주라' 하고 속으로 빌어보지만 매일이 너무 재밌는 유준이는 아침부터 에너지가 넘치게 일어난다. 어쩌면 세상에서 가장 강력한 알람이라고 할 수 있다.

혜주도 그렇겠지만, 나는 이런 변화들이 나쁘지 않다. 내가 이렇게까지 성실할 수 있구나 싶어 놀랄 때도 있지만 책임감을 동반한 크고 작은 변화들이 나에게는 또 다른 행복을 만들어주는 원동력임을 안다.

•

나는 유준이를 돌보면서 스스로를 더 정확히 바라볼 수 있었던 것 같다. 남들에겐 차마 보여주고 싶지 않았던 나의 단점이나, 바꾸고 싶고 부족하다고 느낀 부분들은 유준이가 닮지 않길 바라게 된다. 그렇기에 더 좋은 사람이 되고 싶다. 유준이는 나보다 더 좋은 사람이 되면 좋겠다. 나보다 더 무던하면 좋겠고, 기왕 자라는 거 키도 더 크게 쑥쑥 자라고, 외국어도 유창하게 하면 좋겠다. 그리고 많은 사람과 사랑을 주고받았으면 한다.

어딜 가든 혜주와 나를 졸졸 따라다니는 유준이를 보며, 이 아이에게 더 건강하고 모범이 되는 어른이 되어야겠다고 다짐한다. 우리의 세계가 유준이를 중심으로 돌아가는 것처럼 지금 유준이의 세계는 엄마 아빠, 그리고 가족들로 가득할 테니까. 그 세계에 행복한 일, 재밌는 일, 언제든 꺼내 보고 웃을 수 있는 추억을 만들어주는 건 어른들의 몫이다. 결국 유준이의 세계가 행복해야 그걸 바라보는 우리도 행복할 수 있고, 모든 게 돌고 돌며 다시 우리의 세상을 견고히 만들어줄 것이다.

서로에 의해, 우리의 세상은 계속 변화한다.

반짝반짝 빛나는 너, 그리고 우리

혜주

유준이를 만나지 못했다면 어땠을까, 오빠를 만나지 않았다면 어땠을까? 이들이 없는 내 삶을 상상할 수 있을까? 나에게 우리 가족은 필수적인 존재다. 감사하게도 유준이는 우리 부부의 사랑은 물론 양가 가족들의 사랑을, 유준이를 보기 위해 우리의 유튜브를 찾아와주는 랜선 이모와 삼촌들에게도 큰 사랑을 받고 있다.

유준이는 우리에게 사랑을 표현하는 법을 가르쳐주었고, 무한한 사랑을 줄 수 있는 대상이 되어준 것 같다. 매일매일 새로운 세상을 찾아내며 신기해하는 유준이처럼 나와 오빠 역시 유준이를 통해 우리가 알지 못했고 상상도 할 수 없었던 새로운 세상을 매일 경험하고 있다.

유준이를 처음 만난 하와이에서의 추억은 평생 가슴에 남을 것이다. 그날 이후 시작된 시간들, 난생처음 느꼈던 호르몬의 변화, 더 좋은 엄마가 되어야겠다는 수없는 다짐, 유준이가 처음 세상 밖으로 나온 날, 첫 뒤집기를 하고, 기어다니기 시작했을 때의 그 감정, '멈머'인지 '엄마'인지 모를 유준이의 말들, 첫니가 나고, 처음으로 혼자 섰다가 걷기도 하며, 유준이가 만들어간 모든 첫 경험과 나날 들이 뒤이어 내 가슴이 고스란히 남을 것이다.

•

나는 유준이를 통해 절대적인 사랑, 무조건적인 사랑을 배웠다. 그러한 감정은 말로는 표현할 수 없는 모습으로 언제나 우리 곁에 있었다. 이런 절대적인 사랑이 가족이 주는 최고의 가치일 것이다. 어떠한 조건이 붙는 관계가 아닌 언제나 곁에 있어주는 이들, 나였기에, 그리고 우리기였기에 가능했던 그런 시간을 우리는 매일 만들어가고 있다.

"우와, 꽃이 피었네. 유준이 어린이집 가는 길이 더 멋있어졌다, 그치?"

"와, 유준아 너 오늘 너무 멋진데? 친구들도 유준이 엄청 좋아할 것 같아."

"어머 유준아, 너 친구한테 떡뻥 나눠준 거야? 이제 나눌 줄도 알고, 우리 유준이 너무 대단해."

부러 되짚어보는 이야기들, 울고 웃었던 날들, 우리 삶의 모든 장면, 그 속에 숨 쉬는 사랑을 발견하는 것은 어쩌면 함께하는 이들의 몫이다.

에필로그

기억은 우리와 함께 산다

우린 꽤 많은 행복을 잊고 살아간다. 출근길에 마시는 커피 한잔에서도 살 것 같다는 안도감이 들고, 별다른 일정이 없어도 퇴근 시간이면 느낄 수 있는 설렘과, 맛있는 것을 먹거나 좋은 사람들과의 수다, 그리고 혼자 보낸 시간 속에도 행복은 늘 함께하고 있다. 그럼에도 그게 진짜 행복이라는 걸 깨닫는 건 쉽지가 않고, 행복인 걸 알면서도 그 순간만

즐길 뿐 오래오래 우리 곁에 놓아두지는 못한다.

그런 의미에서 혜주와 유준이, 그리고 먹태까지 우리 가족의 일상을 영상으로 기록해둘 수 있다는 건 엄청난 행운이라고 생각한다. 지나간 시간은 붙잡아둘 수 없지만 영상으로 남겨둔 후에는 조금 더 오래 추억하고, 언제든 우리만의 추억 상자를 꺼내볼 수 있으니 말이다. 그 영상들을 돌려보면 불과 일주일밖에 안 된 기억에서도 수천 가지의 감정들이 생생하게 나를 찾아오는 듯하다.

•

나는 내 인생 최고의 가치를 사랑이라고 생각했다. 감사하게도 그 목표를 혜주와 유준이가 있었기에 이룰 수 있었다. 인생 최고의 가치가 사랑이 아니었더라도, 나는 이들을 만남으로써 나는 몰랐을 인생의 목표를 이룬 것과 다름없다. 어쩌면 우리 부모님도 그랬을 것이다. 내가 태어났을 때, 성장할 때, 방황하고 힘들 때, 혜주와 결혼할 때, 나를 지켜보는 부모님의 시선도 내가 유준이를 바라보는 것과 다르지 않았을지도 모른다. 나는 그 일부를 몸으로 조금씩 이해하는 중이다.

우리는 유튜브를 업으로 하고 있기에 찍어둔 우리의 영상들을 분류하고 돌아보는 것은 일정 부분 직업의 영역이지만, 일하는 순간순간에도 나는 이러한 기분을 많이 느낀다. 유준이를 재우고 한숨 돌린 뒤 새벽에 혜주의 컴퓨터와 내 컴퓨터 앞에 나란히 앉아 영상들을 정리하다 보면 혜주에게 "이것 봐, 이때 기억나?" 하며 킥킥 웃기도 하고 우리끼리 작은 추억에 빠져 시간을 보내기도 한다.

우리는 너무 많은 행복을 지나친다. 정말 맛있는 음식을 먹을 때에는 행복하다가도 배가 부르면 찰나의 만족과 행복은 저 멀리 달아나기 마련이다. 그렇다고 그 행복이 우리 곁을 떠난 것일까, 그렇지는 않다. 행복은 언제나 우리가 자신의 존재를 찾아주길 바라며 곁을 맴돈다. 우리는 그것을 가만 들여다보고 찾기만 하면 된다.

자라면서 잊어버렸던 어릴 적 나의 세계를 유준이를 통해 다시 떠올려보기도 한다. 그럼 그때의 나를 바라보고 있었을 내 부모님의 얼굴도 한편에 둥실 떠오른다. 언젠가 유준이도, 주름이 짙어진 내 얼굴을 보며 그런 기분을 느낄 날이 올까.

지금은 흐릿해진 어린 시절 부모님의 얼굴, 한때의 추억, 감사함과 미안함이 뒤얽혀 가슴 한구석이 아릿해질 때가 있다. 시간이 흐른다는 것은 언제나 슬프지만, 우리가 함께 한 시간과 주고받은 사랑은 오롯이 유준이의 마음에 있을 것이다. 그러니 지금 이 순간을 유준이가 잠시 잊더라도 슬프지 않다. 유준이는 그 순간순간 온 마음으로 우리를 사랑할 테고, 그렇게 자라날 테니 말이다.

마지막 페이지에 독자에게 보내는 영상편지가 있습니다.

KI신서 13129
우리는 사랑 안에 살고 있다

1판 1쇄 발행 2024년 11월 27일
1판 2쇄 발행 2024년 11월 28일

지은이 유혜주, 조정연
펴낸이 김영곤
펴낸곳 ㈜북이십일 21세기북스

인생명강팀장 윤서진 **인생명강팀** 박강민 유현기 황보주향 심세미 이수진
출판마케팅팀 한충희 남정한 나은경 최명열 한경화
영업팀 변유경 김영남 강경남 황성진 김도연 권채영 전연우 최유성
제작팀 이영민 권경민

출판등록 2000년 5월 6일 제1406-2003-061호
주소 (10881) 경기도 파주시 회동길 201(문발동)
대표전화 031-955-2100 **팩스** 031-955-2151 **이메일** book21@book21.co.kr

(주)북이십일 경계를 허무는 콘텐츠 리더

21세기북스 채널에서 도서 정보와 다양한 영상자료, 이벤트를 만나세요!
페이스북 facebook.com/jiinpill21 포스트 post.naver.com/21c_editors
인스타그램 instagram.com/jiinpill21 홈페이지 www.book21.com
유튜브 youtube.com/book21pub

서울대 가지 않아도 들을 수 있는 명강의! 〈서가명강〉
'서가명강'에서는 〈서가명강〉과 〈인생명강〉을 함께 만날 수 있습니다.
유튜브, 네이버, 팟캐스트에서 '서가명강'을 검색해보세요!

ISBN 979-11-7117-907-7 03810